별로 똑똑하지 않은가 보네요.
You are not very smart.
재의 마녀 일레이나
전 세계를 여행하는 마녀.
여비를 벌기 위해
수상한 장사를 하는 일도…….
©Azure

그런 거 아니거든!
키리카
「모래의 보르텐」에 사는 여성.
감정소를 운영하고 있다.

????
「재의 마녀」와 똑 닮은 여성.
각지에서 선행을 거듭한다??
정말로
저랑 똑같네요!
©Azure

가, 갑자기 뭐야……?
미레이유
「맺어지는 노에티라」에서 만난 여성.
「연애 관리국」의 전 직원.

네 놈의 야망은
잘 알았다.
노쿠라
「칼라도리아 유적」을 발굴하는 청년.
키리카의 소꿉친구로, 감정소 일을 돕는다.
©Azure

마녀의 여행 21

THE JOURNEY OF ELAINA

CONTENTS

마녀의 여행

THE JOURNEY OF ELAINA

21

Shiraishi Jougi

시라이시 죠우기

Illustration

아즈루

커버 및 본문 일러스트　아즈루

저 멀리까지 이어진 푸른 하늘 아래.

강줄기를 따라 평원을 나아간 끝에 작고 아담한 나라가 하나 있었습니다.

문 앞에는 병사가 한 명. 입국을 위한 심사는 딱히 실시하고 있지 않은지, 예를 들어 여행하는 마녀가 들렀을 때도 빗자루에서 내리라는 말 없이 "어서 오십시오" 하고 옆으로 물러났습니다.

"감사합니다" 하고 인사에 마주 답하는 여행하는 마녀.

그리고 문을 통과하자 보인 것은 참으로 귀여운 분위기의 거리였습니다.

처마를 맞대고 있는 것은 목조 건물들. 한 집은 창가에 꽃을 나란히 장식해두었고, 어떤 집은 마당에 나무를 심어두었고, 마을 곳곳에 평화로운 분위기가 흐르고 있었습니다.

아주아주 한가로운 나라.

단적으로 표현하자면.

"상당히 좋은 나라로군요──."

입국과 동시에 그녀는 중얼거렸고, 천천히 빗자루를 움직여 지상으로 내려갔습니다.

그것은 정말이지 몹시도 아름다운 마녀였습니다.

머리카락은 잿빛으로 부드럽게 쭉 뻗어 있었고, 눈동자는 유리색. 검은 로브와 삼각 모자를 착용한 그녀의 가슴께에는 마녀의 증거인 브로치가 자랑스레 달려 있었습니다.

그리고 동시에 한가로운 분위기의 나라 안에서 그녀는 살짝 가슴을 폈습니다.

"훗——."

저는 여행하는 마녀.

마녀입니다, 마녀. 마법사에게 주어지는 칭호 중에서도 최고위. 이것이 어떤 의미인지 아십니까? 매우 대단하다는 뜻입니다.

게다가 대단할 뿐 아니라 그녀는 어디를 어떻게 보아도 가련하며, 누가 보아도 사랑스럽고, 그리고 무엇보다 아름다웠습니다. 세 번에 걸쳐 아름답다고 하는 말을 바꿔가며 해보았습니다만, 요약하자면 아무튼 용모가 단정하다는 사실만을 이야기하고 싶었던 것입니다.

대단할 뿐 아니라 아름답다.

아마도 변경의 작은 나라에서 저와 같은 존재는 본 적도 들은 적도 없을 테지요.

자, 얼마든지 마음껏 보십시오.

……그렇게 말하고 싶은 표정을 지으면서 그녀는 머리카락을 휘날렸습니다.

과연 그녀는 대체 누구일까요?

그렇습니다. 저입니다.

"…………."

대충 그런 말을 늘어놓고 나서 매우 죄송합니다만.

일단, 오해가 없도록 먼저 말씀드리고 싶습니다만.

이러한 느낌으로 저는 종종 자신의 외모를 한결같이 칭찬하기도 합니다만, 저 자신은 결코 아름다운 인간의 정점에 서 있다고 생각할 마음도 없고, 어느 쪽인가 하면 늘어놓은 말들도 흔한 농담의 일종으로 여기시리라 생각하고 있습니다.

요컨대 "또 그런 농담을!" 하고 가볍게 흘려넘겨 주신다면 그럭저럭 기쁘다고 하겠습니다. 쓴웃음으로 답해주셔도 뭐, 괜찮을 테지요.

"오, 오오오오! 이, 이 얼마나 아름다운가……!"

그러나 이러한 반응이 돌아오면 저로서도 당황하고 마는 것입니다.

그것은 제가 이 나라의 땅에 내려선 직후.

머리카락을 부드럽게 휘날리며 "무얼 할까요?" 하고 생각에 잠겨 있던 도중의 일이었습니다.

"마, 마녀님이다! 이봐! 마녀님이 우리나라에 오셨어어어어어어어어어!"

길을 가던 한 남성이 화들짝 놀라더니 저를 손가락으로 가리키며 소리쳤고.

"뭐야 뭐야?" "마녀라고?" "온 건가!"

그리고 민가 안에서 사람들이 줄줄이 나타났고.

"우오오오오오오오오오오오!" "정말이야! 드디어 마녀님이 우리나라를 찾아왔어!" "만세에에에에에에에에에!"

전혀 의미를 알 수 없게도 그들은 저를 보자마자 소리치고, 기뻐하고, 그리고 주변을 온통 둘러싸기 시작했습니다.

"어, 잠깐……, 어어어?"
저는 그저 당황했습니다.
상정 외였습니다.
약간 시골스러운 나라라는 것은 문을 통과한 순간부터 왠지 모르게 눈치챈 부분이기는 했습니다만, 이 정도의 과잉 반응을 보일 거라고는 생각하지 못했습니다.
"——환영합니다. 일레이나 님!"
각지를 여행하는 마녀라 해도, 미인 마녀를 자칭하는 저라고 해도, 설마 시골 나라에 자신의 이름이 알려져 있으리라고는 전혀 생각지도 못했습니다.
그것참 정말이지 상정 외.
"……어어어어어?"
그런고로 눈을 빛내는 인파 한가운데에서 영문도 모른 채 그저 그런 소리를 내는 마녀의 모습이 거기에는 하나, 있었습니다.
지금 그녀의 표정은 곤혹 그 자체.
참고로 말하자면 내심 '혹시 아까 혼자서 우쭐대는 표정을 짓던 걸 들킨 건가……? 부끄럽네요……'라고 생각하고 있었습니다.
"방금 길에서 지은 우쭐대는 표정, 엄청 좋았어요!" "한 번만 더 보여주세요!"
"…………."
입을 다물었습니다.
아무튼 이날, 작은 나라의 길 한가운데에서 한 마녀가 주민들에게 둘러싸였던 것입니다.

과연 그녀는 대체 누구일까요?

다시 한번 말하겠습니다.

그렇습니다. 저입니다.

○

정말이지 의미를 모르겠습니다.

솔직히 말씀드리자면 저라는 사람은 그저 일개 여행자일 뿐입니다. "너 귀여운걸!" 하고 어디 사는 낯선 말 뼈다귀가 말을 걸어오는 일은 있어도, 입국한 것만으로 갈채를 받을 만한 이유는 없을 터입니다.

"어머, 마녀님이 진지한 표정을 짓고 있어." "어쩜 저렇게 아름답지? 나 현기증이 나……."

………….

그저 입을 다물고 생각에 잠겨 있기만 해도 이러한 감상을 품는 것은 조금 지나치다고 할까, 어떠한 사정을 느끼지 않을 수 없었습니다.

그런고로 저는 그 자리에 있던 분들에게 은근슬쩍 물어보기로 했습니다.

대체 어떻게 저를 알고 계신 건가요?

저, 그렇게 유명한가요?

대략 그러한 말을, 주위로 시선을 돌리면서 던졌습니다.

그들의 반응은 다음과 같았습니다.

“아하하하하! 무슨 농담을. 자신이 평소 행한 선행들을 잊은 건가요?”

서, 선행……?

“아! 혹시 일레이나 님은 남을 돕는 것은 당연한 일이라고 말씀하고 싶으신 건가?!”

아니 적어도 이 나라에 사는 사람들에게 감사를 받을 만한 일을 한 기억은 없을 터입니다만.

“이제 일레이나 님은 이 나라는 물론이고 주변 지역에 있어 사람들에게 미소를 뿌리고 다니는 천사와 같은 존재가 되어 계신걸요. 그것도 자각이 없으신가요?”

없습니다만…….

“겸손하실 것 없어요! 저희는 모두, 일레이나 님을 진심으로 사랑하고 있답니다!”

다른 이야기입니다만, 낯선 사람에게 갑자기 받는 애정은 조금 버겁군요.

“전부터 이웃 여러 나라에서 사람들을 도우며 다니는 아름다운 마녀가 있다는 소문이 났는데, 설마 우리나라까지 걸음 해주실 줄은…… 아아, 기적이야…….”

………….

ㅇㅇㅇㅇㅇㅇㅇㅇ음……?

이야기를 들으면 들을수록 저는 고개를 갸우뚱했습니다.

이웃 여러 나라에서 사람들을 돕는 아름다운 마녀? 대체 누구 이야기를 하고 있는 것일까요? 그러한 선행을 거듭할 만한 여로를 거쳐온 기억은 눈곱만큼도 없습니다. 제게 어울리는 수식어는 어느 쪽인가 하면 자유분방, 무용지물, 정도일 겁니다.

"일레이나 님이 행해온 선행들은 우리나라에서도 언제나 화제가 되고 있답니다!"

그럼에도 눈을 빛내는 마을 주민들.

분명 저를 다른 누군가로 착각하고 있을 것일 테지요——라고 하기에는 제 얼굴과 이름을 인식하고 있다는 점이 신경 쓰입니다만.

혹시 동명에, 똑 닮은 누군가가 이 주변 나라에 계신 걸까요? 그렇게 생각할 수밖에 없는 착각이 일어나고 있나 봅니다.

"그러고 보니, 일레이나 님. 이 전에는 옆 나라에서 대단한 일을 해내셨다면서요——."

고꾸라질 듯 몸을 내밀며 관심을 보이는 주민들.

"이웃 나라에서 홍수 탓에 토사 붕괴가 일어나 길이 막혔을 때, 토사를 치워주셨다죠?!"

대단해! 하고 사람들은 몹시도 흥분했습니다.

"흐음……."

반면 저는 입을 꾹 다물 뿐.

애초에 이웃 나라, 라고 말씀하신들 이 주변 지역 지리에는 도무지 어두워서 좀처럼 감이 오지 않았습니다. 고개를 갸우뚱하며 저는 물었습니다.

"참고로 그건 언제쯤 일인가요?"

"일주일 전이요."

"과연, 일주일 전인가요."

그럼 여기서 일주일 전의 제가 어디서 무얼 했는지를 간단명료하게 전달하도록 하지요.

우선 대전제로 그때의 저는 토사 붕괴 같은 재해를 목격한 일 같은 건 없었고, 목격은커녕 평범하게 먼 나라에서 장사를 하고 있었습니다.

“안녕하세요, 안녕하세요.”

기다리고 있던 여러 상인을 향해 손을 흔들면서 우아하게 단상에 등장하는 재의 마녀 일레이나, 바로 저. 그날 저는 마녀이자, 여행자이자, 그리고 상인들에 대한 어드바이저이기도 했습니다.

“마녀님, 얘기 들었어. 반드시 한몫 벌 수 있는 이야기가 있다며?”

꼭 좀 가르쳐줬으면 좋겠는데, 하고 수상한 미소를 짓는 것은 『괜찮은 돈벌이가 있습니다……』 하고 제가 그 나라 상인에게 속삭이고 다닌 결과 낚인 상인 중 한 사람.

저는 바로 그렇다며 고개를 끄덕였습니다.

“네. 이걸 쓰면 확실하게 단번에 한몫 벌 수 있습니다.”

말하면서 그들에게 소개한 것은 제가 흔한 종잇조각에 마법을 부여해 만든 한 장의 지폐. 금화도 은화도 동화도 아닌, 종잇조각 하나.

앞면에는 제 얼굴, 뒷면에는 숫자가 그려져 있습니다.

대체 그게 뭐야? 하고 말하고 싶은 표정으로 종잇조각을 바라보는 그들.

저는 말했습니다.

“이건 제가 만든 마법 지폐입니다. 통화 단위는…… 그렇군요, 제 이름을 따서 레이나라고 부르기로 하죠. 앞으로는 이 마법 지폐를 써서 상품을 매매해주십시오.”

마법 지폐 1레이나는 기본적으로 은화 한 닢과 등가. 숙소에 묵을 수 있는 정도의 돈과 1레이나는 같은 가치라는 뜻이 됩니다.

이건 제 눈앞에 있는 상인들의 가게에서만 쓸 수 있는 한정적인 통화이며, 쓰면 쓸수록 인쇄된 숫자가 줄어드는 구조로 되어 있습니다. 지폐에 기재되어 있는 금액이 부족한 경우에는 그때마다 돈을 한꺼번에 지불해 마법 지폐에 기재되어 있는 숫자를 늘려야만 합니다.

요컨대 은화를 종이로 바꾸는 구조인 겁니다.

“……그런 성가신 짓으로 어떻게 돈을 번다는 거지?”

상인 중 한 사람이 물었습니다.

요컨대 돈거래를 일부러 별도의 지폐로 바꾼다고 하는, 쓸데없는 수고를 들일 뿐인 이야기. 대체 어디에 이득을 보는 구조를 끼워 넣으면 좋을까요?

그러나 이것은 매우 간단한 이야기입니다.

“이 마법 지폐를 은화 열 닢에 팔아주세요.”

저는 그들에게 제 얼굴이 그려진 지폐를 나눠주며 말했습니다.

뒷면에 그려진 숫자는 13.

즉, 마법 지폐를 판 시점에서 소비자는 은화 세 닢만큼의 득을 보는 것입니다.

“뭐라고?”

그래서는 우리가 손해를 보는 것이 아닌가? 그리 말하고 싶은 얼굴로 눈을 크게 뜨는 상인분이 계셨습니다.

단락적이로군요.

저는 그들에게 속삭였습니다.

"괜찮습니다."

어차피 마법 지폐를 금액에 맞춰 다 쓰고 가는 손님 같은 건 없으니까요——라고.

반드시 손님은 어느 정도의 여력을 남기고 쇼핑을 할 겁니다.

여력을 남기고 쇼핑하는 고객이 많으면 많을수록 상인 쪽에 많은 돈이 남게 됩니다.

즉, 간단하게 말하자면 상인은 마법 지폐를 팔기만 해도 목돈을 손에 넣을 수 있고, 고객은 은화 세 닢만큼 득을 본다. 득이 되는 이야기는 소문이 나서 퍼져 나가고 가게는 점점 번창한다.

그리고 손님이 늘면 늘수록 수중의 돈이 늘어난다.

참으로 알기 쉬운 선순환이 거기에 생겨나는 것입니다.

"오오오오……!"

경탄하는 상인분들.

사전에 이야기했던 대로 좋은 돈벌이 이야기였다는 것에 감동하고 계셨습니다.

"참으로 훌륭한 아이디어야!" "천재!" "역시 마녀님!"

와아와아 하며 저를 둘러싸는 상인분들.

"그것참 그 정도까지는."

아무래도 이해해주신 모양이로군요. 제가 만든 마법 지폐를 쓰면 모두가 벌 수 있게 되는 겁니다.

참고로 저도 예외는 아닙니다.

"이 마법 지폐는 한 장당 은화 한 닢에 팔아드리겠습니다."

생긋 천사와 같은 미소를 지으며 저는 그들에게 멋진 상품을 팔았습니다.

——그렇게, 일주일 전의 저로 말하자면 그러한 흐름을 거쳐 크게 한몫 벌었던 것입니다.

토사 붕괴가 일어난 곳에서 사람을 돕다니 말도 안 됩니다. 오히려 제가 돈에 파묻혀 큰일이었다고도 할 수 있을 정도였습니다.

"정말이지 훌륭한 사람이야!" "천재!" "역시 마녀님!"

그런고로 일주일 전 돈벌이 이야기에 달려들어 몹시도 흥분했던 상인분들과 대략 비슷한 대사를 늘어놓는 마을 주민분들에게 둘러싸인들 저는 곤란할 따름입니다.

절대 제가 아닙니다. 단언할 수 있습니다.

"그러고 보니, 일레이나 님. 소문에 따르면 닷새 전에도 이웃나라에서 산불을 진화하셨다죠?"

"……저기."

——닷새 전에는 정신없이 마법 지폐를 추가 생산하느라 산더미 같은 지폐 다발에 파묻혀 있었습니다만.

"사흘 전에는 빈곤층 사람들에게 먹을 걸 나눠주며 다니셨다죠? 대단해!"

"……아니, 저기."

——반대로 비싼 숙소에서 우아한 런치 타임을 가졌습니다만.

"……? 조금 전부터 뭔가 하고 싶은 말이 있으신 것 같은데, 왜 그러십니까?"

제가 언제까지고 애매한 반응을 보이고 있어서일까요? 마을 주민 중 한 사람이 의아하다는 표정으로 저를 바라보았습니다.

"……저기, 그게 말이죠."

호의를 가지고 모여주신 와중에 참으로 죄송합니다만.

부정하려면 지금이 최적의 타이밍이겠지요.

그래서 저는, 마음의 준비를 하고, 입을 열어——.

"아! 그러고 보니, 일레이나 님! 실은 전에 당신에게 도움을 받은 주민에게 이런 걸 받아두었습니다! 받아주세요!"

——부정하려던 순간에 한 주민 여성이 제 손을 잡고 꾸러미를 건넸습니다.

내려다보니 거기에는 대량의 돈.

오호라, 과연.

"제가 이 주변 나라에서 선행을 거듭하고 있는 대단한 마녀 일레이나입니다."

거기에는 기억에 없는 선행에 따른 보수를 손에 든 더러운 마녀가 한 명 있었습니다.

그것은 대체 누구일까요?

그렇습니다. 저입니다.

○

"……그나저나 대체 어떻게 된 일일까요?"

숙소에 들어간 후 저는 으으음 하고 미간을 좁혔습니다.

주민들의 이야기로 미루어 보아 아마도 일부러 저와 같은 용모로 꾸미고, 거기에 더해 제 이름을 사칭하는 누군가가 있는 것 같습니다만—— 평가를 떨어뜨리기 위해 악행을 저지르고 다닌다면 또 몰라도, 어째서 선행을 거듭하고 있는 걸까요?

목적이 정말이지 의미 불명이었습니다.

혹시 제 이름을 써서 악행을 저지르기 위한 사전 작업이나 뭐 그런 것일까요?

어쩌면 상대는 뭔가 좋지 않은 짓을 꾸미고 있는지도 모릅니다.

"자세히 조사해볼 필요가 있을 것 같네요."

우선 정보 수집도 겸해서, 직접 가짜 마녀 일레이나의 목격 정보가 있었던 나라까지 찾아갈 수밖에 없겠군요.

그런고로 저는 숙소에서 이 주변 지역의 지도를 펼쳐놓고, 흐으음 하고 생각하며 말을 중얼거렸습니다.

"……일단 주변 여러 나라를 둘러보기로 할까요."

그리하여 저 자신과 같은 외모를 가진 누군가를 찾는 여행이 시작되었던 것입니다.

저 자신과 똑같이 가짜를 일레이나라고 부르는 것은 조금 성가신지라, 편의상 가짜인 그녀는 제 이름을 따서 일레이누라고 부르기로 하겠습니다.

아무래도 맨 처음에 들은 이야기대로, 일레이누 씨는 주변 여러 나라에서 크고 작은 여러 가지 일들을 행하고 있는 모양이었습니다.

예를 들면 이웃 나라에 방문한 직후의 일입니다.

"아, 일레이나! 오랜만이야! 지난번엔 고마웠어."

갑자기 한 여성에게 감사 인사를 받았습니다.

"저, 당신에게 뭔가를 했던가요?"

당연하게도 기억에 없었기에 고개를 갸웃거리는 저.

가짜 저는 그녀에게 대체 무얼 했을까요?

"내가 끌어안고 있던 빚을 청산해줬잖아! 잊어버렸어?"

"네에……?"

저라면 절대로 하지 않을 일도 일레이나 씨는 선뜻 해버리나 봅니다.

혹은 두 번째로 방문한 나라에서는 입국 직후에 남성 여러 명에게 둘러싸였습니다.

"일레이나 씨!" "어서 와! 또 우리나라에 와줬구나!" "와아! 오늘도 귀여운걸!" "웃는 얼굴이 멋져!"

바짝 달라붙어 소란스럽게 구는 남성진. 그들이 몸에 걸친 옷에는 '오로지 일레이나'라는 글자가 적혀 있었습니다.

"우와아."

뭐가 뭔지 잘 모르겠지만 선행을 거듭해온 결과, 주로 남성 고정 팬이 생기고 만 모양입니다.

저라면 성가시게 여기면서 적당히 상대했을 테지만, 아마도 일레이누 씨는 성원을 보내오는 그들에게도 호의적인 태도를 보였을 테지요.

"어라? 왠지 오늘의 일레이나는…… 표정이 딱딱한데?" "무슨 일이야? 무슨 고민이라도? 이야기 들어줄까?" "혹시 뭔가 거슬렸어?" "이상한 오해를 할까 싶어서 미리 말해두겠는데 우리는 딱히 일레이나를 여자로 보고 있지 않다고 할까 친구처럼 여기고 있으니까, 뭔가 불안한 게 있으면 사양하지 말고 말해줘. 언제든 상담해줄 테니까."

노골적으로 질색하는 저에게 그들은 "왠지 평소랑 다르지 않아?"라며 고개를 갸웃거릴 뿐.

놀랄 만한 일은 아닙니다만, 일레이누 씨는 진짜 저보다 밝고 애교 있는 아이인가 봅니다.

세 번째로 방문한 나라에서는 이러한 일이 있었습니다.

"흐헤헤…… 이, 일레이나……. 지난번처럼 악수회, 또 해주면 좋겠다……."

"우와아."

질색했습니다.

자세한 사정을 들어보니, 그들에게 있어 일레이나는 사람을 도와주며 다닐 뿐만 아니라 노래하고 춤추고 악수하며 애교를 부리는 천사와 같은 존재라고 합니다.

이제 그 모습은 완전무결한 미소녀라고도 할 수 있을 테지요.

그녀를 찾아다니는 저로서는 이야기를 들으면 들을수록 존재 자체가 수상쩍게 여겨질 정도였습니다. 정말로 그런 사람이 실재하는 겁니까?

이러저러하여 찾아간 네 번째 나라.

"우와아."

저는 문을 통과한 직후에 아연실색했습니다.

거기에 있던 것은 수많은 군중.

"모두들! 오늘도 고마워어!"

그리고 그 중심에 있는 조금 높은 무대 위에서 빙글빙글 돌며 춤추고 애교를 부리는 것은 놀랍게도 잿빛 머리카락을 부드럽게 흩날리는 미소녀.

몸에 걸친 것은 검은 로브. 스커트 길이는 조금 짧았고, 군데군데에서 귀여운 액세서리가 반짝이고 있었습니다.

눈동자 색은 연두색. 생김새는 저보다 아주 조금 어렸고, 본 바로는 저보다 체격도 작아 보였습니다.

어딘가 모르게 저와 닮은 듯했고, 그러나 자세히 살펴보면 저와는 전혀 다른 한 소녀였습니다.

"오늘은 나, 일레이나의 콘서트에 와줘서 고마워!"

어째선지 자신을 일레이나라고 칭하면서, 주변을 둘러싼 남녀들을 향해서 손 키스를 날리는 그녀.

마법으로 만들어낸 작은 하트 마크가 하나, 그녀가 분 숨결을 타고 날아갔습니다. 그녀 주변에 있던 모두가 작은 애정의 증거를 바라며 손을 뻗었습니다.

바람에 흩날리는 꽃잎처럼 하트 마크는 군중의 손과 손 사이를 스르륵 빠져나갔고, 그리고 이끌리듯 가장 뒤쪽에 있던 여성 관객의 손바닥 위로 떨어졌습니다.

"………….."

여성 관객이라고 할까, 그냥 저였습니다.

제가 제게 애정을 보낸 상황…….

"어, 어이! 저기 봐!" "!! 일레이나랑 똑같이 생긴 여자가 있어!" "뭐라고?" "대체 어떻게 된 거야?"

무대 위의 일레이나……가 아니라 일레이누 씨가 보낸 사랑의 증거를 좇던 관객들은 일제히 놀랐고, 술렁이기 시작했습니다.

그도 그럴 터.

"혹시, 가짜 일레이나인가?"

그들에게는 눈앞에서 춤추고 있는 일레이나야말로 진짜 일레이나였기 때문입니다.

술렁이는 사람들은 서로를 바라보면서 말했습니다.

"……그러고 보니 들은 적이 있어. 일레이나와 비슷한 모습의 여자가 먼 나라에서 여행을 하고 있는 걸 상인이 목격했었대."

——그거, 저입니다.

"나도 들은 적 있어! 글쎄 수상한 장사를 하면서 더러운 돈을 긁어모으고 있대!"

——그것도 저입니다.

"세상에! 더러운 가짜가 나타나다니!"

——유감스럽지만 그쪽이 진짜입니다.

그렇게 속삭여드리고 싶은 바입니다만, 오해로 물들어버린 사람들의 마음을 풀어주기란 쉽지 않은 일입니다.

"다들! 잡자!" "그냥 내버려둬서는 안 돼!" "우리가 일레이나의 평판을 지키는 거야!"

불의에 분노한 군중은 일어났고, 그리고 가짜를 잡겠다며 몰려들었습니다.

사람들이 몰려드는 모습은 마치 눈사태 같았습니다. 이대로 서 있다간 분명 좋은 꼴은 못 볼 테지요.

"하아…… 어쩔 수 없네요."

제가 설득에 나서본들 납득해주지 않을 것이 틀림없습니다.

그렇다면 이야기를 들어줄 만한 환경을 조성할 뿐. 저는 품에서 지팡이를 꺼내 그들을 향해 겨누었습니다.

우선 몇 명 정도를 밧줄로 묶어드릴까요——.

그렇게 제가 마력을 실었고.

그 직후의 일입니다.

"떼끼이이이이이이이이이이이이이이이!"

큰 목소리가 저와 관중들 사이에 울려 퍼졌습니다.

제게로 몰려오던 관중 모두가 뒤를 돌아보았고, 그리고 저도 그 앞에 있는 인물에게로 시선을 보냈습니다.

잿빛 머리카락의 마녀—— 같은 모습의 가짜 씨.

"모두! 이상한 착각을 하면 안 돼!"

그녀는 이 자리에 있던 전원에게 귀엽게 뺨을 부풀리면서 말했습니다.

"잘 생각해볼래? 나를 흉내 낸 가짜가 일부러 내 앞에 나타날 리가 없잖아요? 그러니까 그 사람은 가짜가 아니라, 그저 코스프레 짱이에요!"

코스프레 짱.

――그럴 리가 없지 않습니까.

저는 속으로 어깨를 으쓱였습니다. 그 정도의 말로 폭주하는 민중을 납득시키는 것이 과연 가능할까요?

아뇨 아뇨, 설마요.

"과연, 코스튬 플레이인가……." "뭐야, 깜짝 놀랐잖아." "그나저나 아주 비슷하네……."

아무렇지 않게 납득했습니다.

여기엔 멍청이뿐입니다.

"하지만, 기쁘네요! 설마 내 코스프레를 해주는 사람이 생기다니!"

만세! 하고 어린아이처럼 기뻐하더니 가짜인 일레이누 씨는 콧노래를 섞어가며 무대 위에서 제 쪽으로 달려왔습니다.

그리고 제 손을 잡고.

"고마워요! 정말로 나랑 똑같네요!"

그녀는 가까이에서 중얼거리며 미소 띤 얼굴을 제게 보여주었습니다.

아뇨 아뇨.

"그렇게나 똑같습니까? 그것참 부끄럽군요."

"응! 정말로 똑같아요! 게다가 엄청 귀여워! 꼭 제 쪽이 가짜 같은걸요."

"그렇군요."

생긋하고 마주 바라보는 저.

대체 무슨 생각으로 저인 척을 하는 걸까요?
"그, 그리고 다른 이야기인데, 코스프레 짱."
그녀는 제게서 시선을 돌렸습니다.
"괘, 괜찮다면 지금 우리 집에 가지 않겠어요……?"
어라?
"그래도 됩니까?"
"물론이죠! 나랑 이야기하고 싶은 게 아주 많죠?"
"아시는 건가요?"
"물론이죠!"
그리고 가짜 저인 일레이누 씨는, 에헴 하고 가슴을 펴면서 말했습니다.
"나는 재의 마녀 일레이나인걸? 여자아이의 기분 같은 건 손바닥을 보듯이 아는 게 당연하잖아요."
그런가요.
"그럼 지금 제가 무슨 생각을 하고 있는지도 당연히 아시겠군요?"
저는 그녀의 어깨에 손을 올리면서 생긋 웃어드렸습니다.
놓치지 않을 겁니다.
"아하, 아하하하하…… 코스프레 짱, 너무 가까운데요?"
"그렇습니까? ~~우후후후후~~."
어깨에 두른 팔에 힘을 싣는 저.
"아하하, 하하…… 하하하……."
메마른 웃음으로 답하는 일레이누 씨.

キ
©Azure

그날, 이리하여 똑같은 얼굴을 한 두 사람은, 마을 어딘가로 사라졌다고 합니다.

○

“으와아아아아아아아아아아아앙! 잘못했습니다아아아아아아아아아아아아아아아아!”

일레이누 씨 댁은 나라 밖.

말하길 『일레이나 씨는 한 마리의 늑대니까 분명 나라 밖에 집을 갖고 있을 터』라는 해석 아래 이러한 생활 양식이 되었다고 합니다.

뭐, 그건 딱히 어찌 되든 상관없습니다만.

“아뇨 아뇨. 사과를 해달라는 게 아닙니다. 저는 사정을 설명해줬으면 합니다.”

만면에 미소를 지으며 내려다보는 저. 거기에는 포대에 담긴 채 자택 앞에 쓰러져 있는 그녀의 모습이 있었습니다.

자택 앞에 왔을 때 갑자기 “저, 저기, 실은 지금, 집이 지저분해서…… 괜찮다면 집 밖에서 이야기하지 않겠어요……?” 하고 머뭇거리면서 소녀 같은 말을 지껄이기 시작하기에 귀찮아진 저는 그녀를 그 자리에서 구속하기로 했던 것입니다.

어차피 집 밖에서 이야기하는 척하다 도망칠 셈이었을 테지요. 그렇게 두지는 않을 겁니다.

“나 도망치지 않을게요! 일단 이 구속을 풀어주시겠어요……?”

"사정을 들려주면 풀어드리겠습니다."

"이런 상태로는 제대로 이야기할 수 없다고요……."

"그럼 말하고 싶어지게 해드릴까요?"

우선 물에라도 담가드리는 편이 좋을까요?

저는 품에 손을 찔러넣어 지팡이를 슬쩍 내보였습니다.

"우으으……."

이쪽을 올려다보면서 뭐라 말할 수 없는 표정을 짓는 그녀.

"자, 일레이누 씨. 이야기해주시죠."

"에? 일레이누가 누군가요?"

"가짜는 일레이누라고 부르기로 했습니다. 헷갈리는지라."

"저기…… 참고로 제 본명은 아카나라고 하는데요……."

"그렇습니까."

딱히 물어보지 않았습니다만.

한없이 차갑게 대하는 저.

그러나 그녀는 눈물을 글썽거리면서, 이쪽을 올려다보고, 말했습니다.

"기억, 못 하시나요……? 내 이름……."

"……?"

기억 못 하시나요? 라고 말씀하신들.

눈앞에 있는 그녀를 빤히 바라보면서 저는 기억을 더듬었습니다.

저와 닮은 외모. 그러나 속은 다른 사람. 아마도 제 이름을 사칭하기 전에는 다른 모습이었을 테지만 말이지요.

"저희 어디선가 만난 적이 있던가요?"

"그렇구나…… 역시 기억 못 하시는군요……."

"전에는 어떤 외모였나요?"

"빨강 머리에, 어디에나 있는, 평범하고 귀여운 여자아이였어요."

"스스로 귀엽다고 했어……."

"일레이나 씨 리스펙트예요."

"당신 날려버릴 겁니다."

아무튼 장황한 이야기는 됐으니 경위를 들려주십시오. 참을성 없는 저는 그녀의 뺨을 지팡이로 찌르면서 이야기를 재촉했습니다.

저는 여행자.

같은 장소에 오래 머무르는 일은 잘 없습니다. 그럼에도 눈앞의 그녀는 저를 모방하고 있습니다—— 그렇다는 것은 분명 그녀를 바꿀 만한 큰 사건이 있었다는 뜻이겠지요.

"그래서, 무슨 일이 있었죠?"

다시 묻는 저.

"에헤헤헤……."

그녀는 이어서 천천히 입을 열었습니다.

"그러니까 말이죠…… 대략, 반년 정도 전의 일인데요……."

"네."

그녀는 저를 빤히 바라보면서——열기 띤 시선을 보내면서, 말했습니다.

"잊을 수 없는 운명적인 만남이, 있었어요……."

"어찌 되든 상관없지만 제 얼굴로 그런 표정을 짓는 건 그만둬 주시겠습니까?"

아무튼 그녀는 이야기했습니다.

"지금도 잊을 수 없어요. 그건 당시, 아직 내가 아무것도 모르던 평범한 여자아이였던 무렵의 이야기——."

"그리고 가능하면 간략하게 부탁드립니다."

왠지 긴 회상이 시작될 것 같았기에 일단 못을 박아두는 저.

"그런! 일레이나 씨와의 만남을 간략하게 줄이라니! 책 한 권 분량의 장대한 스케일로 이야기하게 해주세요."

"도중에 잠들 것 같은데 괜찮겠습니까?"

아무튼 그녀는 이야기를 계속했습니다.

지금으로부터 반년 전의 일.

어디에나 있는 평범한 마법사, 아카나 씨는 길을 헤매고 있었습니다.

소극적인 성격인지라 현재 다니고 있는 마법 학교 내에서도 친구는 적었고, 그리고 길을 헤매는 중에 남에게 물을 용기도 없어서 그녀는 길 위에서 망연자실하고 있었습니다.

목적지는 집 근처에 새로 생긴 빵집. 소문으로는 들었지만 어디에 있는지 전혀 짐작도 되지 않았습니다.

"어, 어쩌지……."

이대로 길을 헤매다간 노리고 있던 하루 백 개 한정 빵이 다 팔리고 말 겁니다. 그러니 서둘러야만 합니다.

고민한 끝에 그녀는 눈앞을 지나가던 사람에게 말을 걸었습니다.

“저, 저기──.”

도와주기를 바라듯이 손을 뻗는 아카나 씨.

“네?”

그 끝에는 잿빛 머리카락의 마법사── 즉, 제가 서 있었습니다.

“……!”

말하길 아카나 씨는 제 모습을 본 그 순간 놀랐고, 운명을 느꼈다고 합니다. 왜냐하면 그날, 제가 품에 안고 있던 것이 바로 그녀가 사려고 했던 그 빵이었기 때문입니다.

“왜 그러시나요?”

빵을 우물우물하는 저.

그 빵을, 사고 싶어──.

그런데 위치를 모르겠어──.

“그게…….”

말주변이 없는 그녀는 당연하게도 거기서 단어 선택을 잘못하고 말았습니다.

“진로를 헤매는 중이라…….”

여담입니다만 그녀는 그때 서점에서 참고서를 산 직후였고, 그 모습은 마치 졸업 후의 진로를 고민하는 학생으로 보이지 않는 것도 아니었습니다.

그러한 정보를 바탕으로 봐주십시오.

"훗, 저도 예전엔 그렇게 고민한 적도 있었죠── 하지만 괜찮아요. 마음 내키는 대로 나아가세요. 분명 그 앞에 길이 있을 테니까."

슬픈 현실.

빵집 가는 길을 물었을 뿐인데 우쭐거리는 표정을 지으며 인생을 이야기하는 멍청한 마녀가 탄생했습니다.

"마음 내키는 대로, 나아간다."

그리고 지나가는 마녀에게 아무런 도움도 되지 않는 조언을 받고 큰 감명을 받은 아카나 씨.

"──그런 일이 있었고, 나는 일레이나 씨를 동경하게 되었어요."

절절하게 이야기하는 일레이누 씨.

과연, 그렇군요.

"……방금 그 에피소드의 어디에 저에게 동경을 품을 포인트가 있는 겁니까?"

책 한 권 분량의 장대한 스케일이란 대체?

고개를 갸웃거리는 제게 일레이누 씨는 말했습니다.

"그게, 동경이라고 할까 평범하게 얼굴이 취향이었거든요."

"그럼 방금 그 에피소드는 전혀 필요 없지 않은가요?"

대체 뭡니까?

"그래서 그 후 일레이나 씨의 뒤를 밟았죠."

"은근슬쩍 어이없는 소리를 하고 있잖아……."

"대략 2주 정도 줄곧 일레이나 씨를 미행했어요. 일레이나 씨의 언동부터 성격까지 전부 공부했습니다."
"평범하게 위험한 사람이잖아……."
"그리고 깨닫고 보니 이렇게 되어 있었어요."
"중요한 부분이 빠져 있어……."
애초에 어째서 제 흉내를 낼 생각을 한 겁니까?
"동경하는 사람과 가까운 존재가 되기 위해 가장 중요한 것…… 그것은 동경하는 사람과 똑같아지는 거라고 생각했어요……."
"엄청 위험한 사람이잖아……."
마음 가는 대로 하라는 뉘앙스의 발언을 한 것 같기는 하지만 범죄 행위를 권장한 기억은 없습니다만…….
"신기하게도 일레이나 씨의 모습으로 있는 동안은 뭐든 다 할 수 있어요……. 어째서일까요?"
"부끄러운 짓을 해도 시선이 당신이 아니라 저한테로 향하기 때문이겠죠."
"그리고 지금은 일레이나 씨의 훌륭함을 세상에 알리기 위해, 일레이나 씨의 겉모습을 흉내 내면서 열심히 다양한 활동을 하고 있어요!"
에헴! 하고 의기양양한 표정을 짓는 일레이누 씨.
그러니까 즉 그녀가 행한 여러 자선 활동들은 함정도 흉계도 아닌, 그저 선의에 의한 것이었다는 뜻입니다.
"그렇습니까……."
칭찬해주기를 바라는 표정이었습니다만, 저는 무시했습니다.
"제 흉내를 내기에 이른 경위는 대강 이해했습니다만, 그래도 허가 없이 멋대로 그러한 짓을 하는 건 곤란한데요."

제 여로는 결코 건전하다고는 말하기 어렵습니다. 예를 들어 이번처럼 가짜가 나타났을 때도 우선 제일 먼저 의심하는 것은 저에 대한 원한을 품은 자에 의한 범행일 정도.

막상 뚜껑을 열어보니 그저 저에게 동경하는 마음을 품은 평범한 여자아이의 장난이었습니다만——.

경계한 게 손해였습니다.

게다가 대놓고 말하기는 좀 그렇지만, 저는 여행하는 중에 뒤로 이런저런 수상쩍은 일도 하고 있습니다.

"가능하다면 한동안 제 흉내는 삼가 주시겠습니까?"

제 흉내를 낸 탓에 이상한 놈들에게 찍히기라도 하면 여러 가지로 성가셔질 테지요.

그래서 저는 조금 민폐라는 표정을 지으면서도, 그녀의 안전을 염려하며 그렇게 제안했습니다.

"그건 좀 무리일 것 같네요!"

즉답이 돌아왔습니다.

"어째서죠?"

그녀의 뺨을 지팡이로 찰싹 때리면서 묻는 저.

가짜 주제에 진짜에게 말대꾸라니 어떻게 된 겁니까?

"실은 지금 좀 상황이 성가시게 되었거든요."

"상황이 성가시다라."

그 말은?

"사실 나는 대략 3개월쯤 전부터 일레이나 씨의 롤 플레이를 시작했는데요."

"네."

"어째선지 며칠 전부터 갑자기 여기저기서 협박을 받게 되었거든요."

"네…… 네?"

협박?

무슨 말인가요? 하고 다음 이야기를 재촉하는 저. 일레이누 씨는 "으음……" 하고 자그마한 입을 우물거리면서 사정을 들려주었습니다.

그것은 대략 사흘 정도 전의 일이었다고 합니다.

"왠지, 어떤 상인분이 나――라고 할까 일레이나 씨에게 속았다고 떠들고 다니는 모양이에요."

"…………."

"뭔가 뒷세계의 무서운 마법사를 몇 명이나 고용해서 나를 찾아다니고 있다더라고요. 다행히 아직 마주친 적은 없지만요……."

"…………."

다음은 일레이누 씨가 마을 주민들에게 들은 이야기라고 합니다.

사흘 정도 전부터 나타난 수상쩍은 일행들. 상인 한 명과 뒷세계에서 고용된 베테랑 마법사 세 명으로 구성된 자들이 제 얼굴이 그려진 지폐를 보여주면서 "이 녀석을 본 적 있나?"라고 물어보고 다닌다나요.

다행스럽게도 이 주변 나라 사람들은 저――라기보다 일레이누 씨에게 큰 은혜를 입은 데다가 진심으로 사랑해 마지않기에 위치를 알려주는 일은 없었습니다.

오히려 은근슬쩍 정보 수집을 해주었을 정도로 유능한 모습을 보여주기까지. 마을 주민이 물어본 바에 따르면, 말하길 상인들은 "반드시 한몫 벌 수 있는 이야기가 있다는 말을 듣고 그녀의 상품을 샀는데, 대량의 부채를 끌어안게 됐다고. 마녀 일레이나에게 책임을 지게 하겠어"라며 분개하고 있다고 합니다.

"뭔가, 그 상인들은 마법 지폐? 라는 걸 일레이나 씨한테서 산 모양인데, 큰 적자를 끌어안게 되어 큰일이 났다나 봐요."

"…………."

"마법 지폐에 중대한 결점이 있는데, 그걸 숨긴 채 팔았다고! 사기야! 같은 말을 하면서 화내고 있대요. 하지만 이상한 이야기죠? 일레이나 씨가 그런 수상한 장사를 할 리가 없는데."

"…………."

"일레이나 씨? 어째서 시선을 피하시는 건가요?"

"아뇨딱히."

마법 지폐에 있는 중대한 결점.

대체 뭘까요?

저는 시선을 피하면서 현실 도피를 하는 김에 일주일 전의 일을 떠올렸습니다.

그건 마침 제가 상인분들에게 마법 지폐를 대량으로 팔아넘긴 직후의 일.

"저기, 마녀님. 이거 말이야, 정말로 벌이가 되는 거겠지?"

상인 중 한 사람이 제게 물었습니다. 아무래도 다른 동료들과 다르게 조금 의심이 많은 성격인지도 모르겠습니다. 그는 이어서.

"반드시 벌 수 있는 거라면 당신이 이걸 팔면 되는 거 아닌가?"

그렇게 저를 바라보면서 이야기했습니다.

상당히 날카로운 지적이로군요.

그러나 제 쪽이 한 수 위. 이러한 질문에 대한 대답도 빈틈없이 생각해두었습니다.

"물론 그 말대로입니다. 그러나 저는 상인인 당신들과는 다르게 윤택한 재고를 갖고 있지는 않답니다. 그래서 장사가 번창할 아이디어와 도구만 팔고 있는 거죠."

실제로 마법 지폐를 취급하기 위해서는 매매할 수 있는 상품이 필요 불가결합니다. 떠돌이에 불과한 제가 직접 취급하기에는 조금 무리가 있는 것입니다.

"그런가……."

고개를 끄덕이는 상인 분의 얼굴에는 납득과 의심이 반반 뒤섞여 있었습니다.

쏠쏠한 이야기에는 꿍꿍이가 있는 법. 상인인 그도 또한 그 법칙을 잘 알고 계신 것일 테지요.

"괜찮습니다. 안심하세요."

그렇기에 저는 그의 등을 밀어드리기로 했습니다.

"제가 만든 마법 지폐를 쓰면 틀림없이 크게 벌 수 있습니다. 속는 셈 치고 써봐 주세요. 누구라도 벌게 되니까요."

"으음…… 정말인가? 다른 속셈은 없는 거겠지?"

"물론입니다."

"만약 우리가 불이익을 당하는 일이 생기면 책임을 지게 할 건데, 괜찮겠나?"

"괜찮고말고요. 뭐, 그런 일은 없을 거라고 생각하지만요."

"그런가…… 좋아! 그럼 마녀님을 믿고 대량으로 사기로 할까."

"구매 감사합니다."

이리하여 또 한 사람, 제 마법 지폐를 상인분이 구입했습니다. 그것참, 흔한 종잇조각에 마법을 부여했을 뿐인데 이렇게나 벌다니.

저는 아무래도 장사의 재능이 넘치나 봅니다.

그런 식으로 흡족해하는 저.

반면 의심 많은 상인분은 저를 빤히 바라보면서 다시 입을 열었습니다.

"——그나저나 마녀님. 일단 말해두겠는데, 나는 평범한 장사꾼이 아니야."

"? 그렇습니까?"

그래서요?

"이래 봬도 나는 뒷세계에도 연줄이 있고, 기본적으로 매매하는 상품도 당당하게는 취급하기 어려운 물건이 많아."

"네에."

그래서요? 하고 고개를 갸웃거리는 저.

"이번에는 당신 말을 믿고 마법 지폐를 사주겠지만, 만약 마법 지폐를 취급하면서 불이익을 당하는 일이 생긴다면…… 그때는 어떻게 될지, 알겠지?"

갑작스럽게 진지한 톤으로 말하는 상인 분.

상인 측에 문제가 생겼을 때는 책임을 묻겠다. 그리 말하고 싶은 것일 테지요.

“아, 괜찮습니다. 저희 상품은 안심 안전이거든요.”

반면 저는 매우 가벼운 말투로 받아넘기면서 마법 지폐를 자, 받으시죠 하고 건넸습니다. 이때의 저는 자신에게 장사 재능이 차고 넘친다고 믿어 의심치 않았기 때문에, 상인분들을 돈다발로 냅다 치는 듯한 기분으로 착착 돌리고 다녔습니다.

이리하여 저는 조금 수상쩍은 언동을 보이는 상인도 적당히 받아넘기고, 장사를 크게 성공시켰던 것입니다.

그렇게 대만족한 후에 그 나라를 떠난 다음.

“……아.”

저는 한 가지 중요한 사실을 말해주지 않았다는 것을 깨달았습니다.

사실 이 마법 지폐는 현명한 고객이 한 명 나타나기만 해도 큰 손해를 보게 되는 무서운 구조로 되어 있습니다.

마법 지폐는 첫 번째에만 은화 세 닢분의 이득을 봅니다. 아마도 많은 고객은 자신을 위한 지폐를 한 장 사서 그것을 운용하게 될 겁니다.

그러나 만약, 고객 한 사람이 불특정 다수인 척하고 대량으로 마법 지폐와 은화를 교환하면——가령 마법 지폐를 열 장 교환하면 은화 서른 닢분. 백 장 교환하면 은화 삼백 닢분. 그만큼 이득을 보게 되는 것입니다.

그래서 한 사람당 교환할 수 있는 마법 지폐는 한 장뿐이라는 제한을 두지 않으면 큰일이 날 수 있는데, 그만 설명하는 것을 깜빡 잊어버렸던 것입니다.

그러나 깨달았을 때 저는 이미 나라 밖.

돌아가는 것도 귀찮습니다.

"뭐, 하지만 거짓말은 하지 않았으니까 딱히 상관없겠죠."

현명한 고객이 있으면 고객 측도 돈을 벌 수 있는 구조. 어떤 의미에서는, **누구나 돈을 벌 수 있다**라는 말 그대로의 상품이라고도 할 수 있을 테지요.

애초에 마법 지폐를 판 것만으로 "나는 뒷세계에 연줄이 있다고…… 헤헤" 같은 말로 협박하고 드는 상인과 더는 얽히고 싶지 않았기 때문에, 저는 그대로 나라를 떠나게 되었습니다.

설사 나중에 들킨다고 해도 나라를 떠나 있기만 하면 쫓아오지 않으리라고 생각했던 것입니다.

"――그런고로, 일레이나 씨를 쫓고 있는 사람들이 있는 탓에, 여기저기의 나라 사람들에게 걱정을 사고 있어서 좀처럼 모습을 감추기가 어려워요."

자취를 감추면 상인들에게 납치당했다고 여겨져 소동이 벌어질 수 있기 때문에 함부로 숨을 수도 없나 봅니다.

과연, 그렇군요.

"이런 때, 진짜 일레이나 씨라면 어쩌실 건가요……?"

눈을 동그랗게 뜨고 올려다보면서 귀엽게 묻는 일레이누 씨. 저는 그런 약삭빠른 표정은 짓지 않습니다만, 하고 지적하고 싶어지는 기분을 억누르면서 저는 한숨으로 답했습니다.

성가신 놈들에게 쫓기고 있다.

그렇다면 해야 할 일은 하나일 테지요.

"저라면 그들과 직접 싸울 겁니다."

시원스러운 표정으로 저는 말했습니다.

"오오……! 역시 진짜 일레이나 씨…… 엄청 멋져……."

"아무렴요."

그리고 이어서 일레이누 씨에게 했던 구속을 풀어드렸습니다.

성가신 사태인지라 그녀를 추궁하는 일은 뒤로 미루기로 했습니다.

"괜찮다면 저와 함께 상인들을 찾아보지 않겠어요? 신변의 위험을 느끼면서 계속해 사람들을 돕는 건 힘들 테니까요."

"에엣……! 그, 그래도 되나요오……?"

그녀는 구속이 풀리자마자 일어나더니 강아지처럼 제 쪽으로 다가왔습니다.

"지, 진짜 일레이나 씨와 행동을 함께할 수 있다니……! 꾸, 꿈만 같아요!"

"~~후후후후후~~. 영광으로 여겨주세요."

일단 그녀에게는 계속해서 저인 척을 하게 하죠. 정보 교란이 될지도 모르니까요.

"그런데, 일레이나 씨. 하나 여쭤봐도 될까요?"

"뭘 말이죠?"

"일단 여쭤보고 싶은데요."

"네."

"사기 같은 거…… 정말로 안 치셨죠?"

"그만갈까요일레이누씨. 쇠뿔도단김에빼라잖아요."

"네? 아니, 저기."

"어서요."

이리하여 저희는, 마을을 어슬렁대는 위험한 상인과 그 동료들을 잡기 위해 행동에 나섰던 것입니다.

"정말로 안 치셨죠?"

"서두르죠."

"이, 일레이나 씨! 잠깐만요……!"

불리한 일에서는 시선을 돌리면서, 행동에 나섰던 것입니다.

○

이리하여 상인분들이 저를 찾고, 그리고 동시에 저희가 상인을 찾는다고 하는 기묘한 상황이 완성되었습니다.

"실례합니다. 잠시 이야기를 좀 여쭤도 될까요?"

마을 사람에게 질문하는 일레이누 씨.

"저희를 찾는 상인에 관해서 질문을 드리고 싶은데요."

그리고 바로 옆에서 마찬가지로 질문하는 저.

재의 마녀 일레이나가 둘이 나란히 있는 광경은 무척이나 기묘 그 자체.

불러 세워진 마을 사람들은 하나같이 놀랐습니다.

"와아, 일레이나가 두 명이나 있어!" "대체 어떻게 된 거지?!" "몰라! 하지만 뭐, 귀여우니까 넘어가!" "그래!" "오히려 두 배라 이득이야!"

두 명이 있는 이유에 관해서는 "지금 어떤 마법을 써서 두 사람으로 늘어난 거예요" 하고 일레이누 씨가 설명했습니다.

이렇게나 성의 없는 설명을 듣고 과연 납득해주실까요?

"대단하다!"

납득했습니다.

뭐 사소한 건 넘어가기로 하고, 이리하여 저희는 탐문 수사를 개시했습니다.

"흐음."

이건 일레이누 씨가 평소 어떤 식으로 제 흉내를 내고 있는지를 가까이에서 관찰할 수 있는 좋은 기회라고도 할 수 있습니다.

주변 여러 나라의 사람들에게 사랑받는 가짜 일레이나.

대체 그녀는 어떤 식으로 사람들과 인연을 맺고 있는 것일까요?

저는 그 과정을 처음부터 끝까지 목격하기에 이르렀습니다.

"——오빠, 저기 나, 실은 지금 좀 난처해서 있지……."

어느 나라에서 일레이누 씨는 길을 가던 남성의 손을 꼭 잡으면서 애처롭게 상대를 올려다보았습니다.

"——상인분에 관해서 뭔가 아는 게, 없을까……?"

다른 나라에서는 연하의 남자아이를 지그시 바라보면서 미소를 지어 보였습니다.

"——언니한테, 가르쳐주면 좋겠다……."

또 다른 나라에서는 지나가는 여성을 향해 요염하게 속삭였습니다.

어느 나라에서나 그녀의 모습은 어디를 어떻게 보아도 그저 수상쩍은 마법사로만 보였습니다만, 그러나 주변 여러 나라의 사람들에게 그녀는 유명인 같은 존재인 것일 테지요.

"이, 일레이나 씨……!"

그 사람들은 일레이누 씨의 한마디에 간단히 함락당해 정보를 넘겼습니다.

너무나도 식은 죽 먹기.

"상인에 관해서는 아무것도 모르는 거로군요……."

그리고 너무나도 쓸모없어…….

하나같이 아무것도 몰랐습니다.

탐문 수사이기에 당연히 저도 일레이누 씨와 마찬가지로 사람들에게 계속해서 말을 걸었습니다.

어떤 때는 남성에게 "뭔가 아는 게 있으신가요?" 하고 물었고.

"어라? 네 쪽이 가짜 맞지? 아저씨는 그런 거 바로 알거든. 뭐라고 할까, 평소랑 목소리 톤이 다르달까?"

………….

또 어떤 때는 지나가는 여성에게 물었습니다.

"아! 눈초리가 기분 나빠! 당신, 가짜구나!"

………….

그리고 뭔가 여러 가지로 귀찮아져서 근처 찻집에서 땡땡이를 치기 시작했습니다.

"뭐, 딱히 제가 열심히 하지 않아도 괜찮을 것 같네요."

자리에 멍하니 앉아서 길거리를 바라보는 저. 시선 끝에서는 가짜 제가 변함없이 군중 속에서 "부탁해애" 하고 애교스러운 목소리를 내고 있었습니다.

분명 조만간 그녀가 유익한 정보를 구해서 돌아올 테지요. 그녀가 활약해주리라 믿으며 저는 그 자리에서 커피를 꿀꺽꿀꺽 마셨습니다.

"거기 당신, 분명 지금, 뭔가 고민이 있지?"

"우와 뭔가 나타났어."

놀랐습니다.

수수께끼의 여성이 어느 틈엔가 눈앞에 앉아, 다 안다는 얼굴로 이쪽을 바라보고 있었습니다.

누구신가요?

"내가 누구인지는 그리 중요한 문제가 아냐."

"아니제일중요한문제라고생각합니다만."

"그래, 좋아. 그렇게나 알고 싶다면 답해주지. 나는 일레이나를 뒤에서 지켜보는 자……."

"뒤에서 지켜보는 자……?"

"그녀에게 질 나쁜 벌레가 달라붙지 않도록 매일같이 그녀를 아침부터 밤까지 관찰하는 자들을 가리키는 말이야. 동료들끼리 매일 교대로 지켜보고 있지."

"그건 요컨대 스토커인 게——."

"닥쳐!"

혼났습니다.
대체 뭡니까?
“조금 전부터 마을 사람들을 상대로 탐문하는 태도…… 지켜봤어. 당신, 분명 일레이나의 팬인 거지? 일레이나를 흉내 내서 주목을 끌려 하고 있다…… 맞지?”
아니 흉내를 내고 있는 건 저쪽 분입니다만.
“저와 그녀의 관계성은 모르시는 겁니까?”
아침부터 밤까지 관찰하고 있다면 적어도 저와 그녀가 만난 장면부터 쭉 보고 있었다는 말이지요?
“훗…… 내가 두 사람의 대화를 엿들은 것 아니냐, 라고 말하고 싶은 거지? 괜찮아. 그거라면 문제없어!”
“듣지 않은 겁니까?”
“상대의 사생활을 존중한다…… 그것이 일레이나를 뒤에서 지켜보는 자의 역할이야…….”
“뒤에서 감시하고 있는 시점에서 사생활 존중 운운 이전의 문제인 게――.”
“닥쳐!”
또 혼났습니다.
정말 뭡니까?
“아무튼 당신은 그녀의 팬. 맞지? 나는 다 알아.”
훗, 하고 깔보는 시선으로 이쪽을 바라보는 다 안다는 얼굴의 여성.
사정을 설명하는 것도 귀찮았기 때문에 저는 잠자코 있었습니다. 그녀로서는 정곡을 찔려서 입을 다문 것처럼 보였을지도 모르겠습니다.

“정곡, 인가 보네——.”

어쩐지 매우 짜증 나는 표정을 짓고 있었습니다.

“일레이나는 보다시피 마을 사람들에게 사랑받고 있어. 하지만 지금 당신 주변에는 사람이 없지. 이 차이, 알겠어?”

“아양을 떠느냐 아니냐의 차이 아닌가요?”

“노!”

부릅! 하고 눈을 크게 뜨는 다 안다는 얼굴의 여성.

그녀는 이어서 딱 잘라 말했습니다.

“알겠어? 인간관계란 사람을 비추는 거울이야. 제대로 된 사람 주변에는 제대로 된 사람이 모이고, 좀 이상한 사람 주변에는 이상한 사람이 모이는 법이라고. 유유상종. 같은 생각과 언어를 가진 사람은 서로 끌린다는 거지.”

“그 이론대로라면 저와 당신도 동류라는 게 됩니다만.”

“동류야.”

“절대로 아니라고 생각합니다만…….”

기막혀하는 저.

그러자 그녀는 제 어깨에 손을 올리면서, 말했습니다.

“동류야.”

“정말로 뭡니까 당신…….”

그러나 그녀의 이야기도 일리 있을지 모릅니다—— 제 외모를 모방할 수 있는 일레이누 씨.

타인을 흉내 낼 수 있다는 것은, 본래의 그녀와 일레이나라는 두 개의 얼굴을 동시에 가질 수 있게 생겨 먹었다고 하는 뜻이 됩니다.

성격을 전환하는 데 능숙하고 자신을 꾸며낼 수 있는 그녀이기에 이렇게나 마을 사람들을 매료시키는 것일 테지요.

"훗, 깨달았나 보네."

다 안다는 얼굴의 여자는 만족스러운 표정을 지으면서 말했습니다.

"더는 걱정할 필요 없어. 지금의 당신이라면, 진짜 일레이나 같은 여성이 될 수 있을 거야."

아니 저기 제가 진짜인데요.

"감사합니다."

더는 이야기할 것도 없었기에 저는 일단 감사 인사라도 해두었습니다.

"훗—— 딱히 나는 아무것도 한 게 없는데."

노골적으로 일을 한바탕 끝낸 듯한 표정을 지으면서 다 안다는 얼굴의 여성은 머리카락을 휙 넘겼습니다.

"'정상'에서 기다리고 있을게——."

그리고 그녀는 의미심장한 대사를 남기고 사라졌습니다.

"말해야 할 걸 하나 깜빡했어."

사라졌나 했더니 돌아왔습니다.

"괜찮다면 당신도 일레이나를 지켜보는 모임의 일원이 되지 않을래? 아침부터 밤까지 일레이나와 함께할 수 있어."

"냉큼 가주세요."
손을 휘젓는 저.
"훗. 작별 인사는 하지 않을게. 분명 또 만날 테니까 말이야——."
그녀는 다시 의미심장한 대사와 함께 사라졌습니다.
"일레이나 씨이이이이!"
교대하듯이 일레이누 씨가 돌아온 것은 바로 그때.
손을 흔들며 달려오는 모습은 마치 던진 공을 주워 오는 강아지.
"뭔가 좋은 정보는 없었나요?"
저는 기대를 담아 물었습니다.
"넵!"
그러자 그녀는 생긋 웃더니.
답했습니다.
"전혀 없었습니다!"
………….
"헷갈리거든요……."
"일레이나 씨와 이야기할 수 있다고 생각했더니 흥분해서 그만……."
"흐음……."
목격 정보가 모이는 것이 제일이겠지만, 물어본 바로는 아무래도 이 근처에서 상인들과 만난 분은 없는 모양이었습니다.
대체 그들은 어디로 간 것일까요?
으으음 하고 생각에 잠기는 저.
"차라리 잠복해서 그들을 기다려볼까요?"

서로 상대를 찾아다니는 탓에 엇갈리고 있는 것일지도 모릅니다── 가능하다면 이쪽이 선수를 치고 싶었는데, 만나는 것이 불가능하다면 어쩔 수 없습니다.

"잠복이라고 해도, 어디서 하나요?"

어리둥절해하는 일레이누 씨.

"그러네요──."

마을에서 기다리는 것도 괜찮겠지만, 소동이 일어나면 주민들에게 폐를 끼치게 될 테고, 여러 가지로 성가신 상황이 될 겁니다.

그렇다면 최적의 장소는 하나일 테지요.

"당신 집은 어떤가요?"

아마도 그것이 가장 적절한 해답.

그러나 그녀는 노골적으로 싫다는 얼굴을 했습니다.

"에에에에에에에엑?! 아무리 일레이나 씨의 부탁이라고 해도 그건 좀."

"어째서죠?"

아까도 집 안에 저를 들이는 것을 거부했었죠.

뭔가 이유라도 있는 건가요?

"일레이나 씨. 소녀에게는 남에게 들켜서는 안 되는 비밀이 많답니다."

"저를 스토킹하던 사람의 말이라고는 생각할 수 없군요……."

"게다가 내 집의 위치는 일레이나 씨 외에는 아직 아무에게도 알려지지 않았고, 이대로 미스터리어스한 느낌으로 가고 싶어요."

"?"

저는 고개를 갸웃거렸습니다.

아직 아무에게도 알려지지 않았다?

그건 조금 이상한 이야기로군요.

“잠깐만요.”

저는 일레이누 씨를 그 자리에 내버려둔 채 뒤쪽으로 종종걸음쳐 갔습니다.

그리고 몇 초 후.

그림자 속에 숨어 있던 다 안다는 얼굴의 여성을 포획한 다음 돌아왔습니다.

“바로 또 만났네——.”

쓸데없이 빼기는 표정을 지으면서 머리카락을 넘기는 다 안다는 얼굴의 여성.

“일레이나 씨, 그 여자는 누군가요?”

“당신을 아침부터 밤까지 감시하고 있는 사람입니다.”

“?????????”

그게 무슨 말인가요? 하고 묻고 싶은 표정으로 고개를 갸우뚱하는 일레이누 씨.

마음씨 착한 저는 다 안다는 얼굴을 한 여성의 정체를 소개해 드렸습니다.

이러이러 저러저러.

“에엑?! 내 스토커잖아요! 기분 나빠!”

“잘도 그런 대사를 뱉는군요.”

당신도 저를 스토킹했잖아요.

"역시 일레이나 씨의 외모는 이런 느낌의 사람을 끌어당기기 쉬운 걸까요?"

"제가 나쁜 것처럼 말하지 말아주십시오."

어찌 생각해도 멋대로 접근해 오는 쪽이 나쁜 거잖아요.

아니, 지금은 그런 이야기를 하고 싶은 게 아니라요.

"당신이 지금 살고 있는 집, 이 사람과 그 동료들에게 다 들켰거든요. ……그렇죠?"

다 안다는 얼굴의 여성에게 이야기를 재촉하는 저.

그녀는 쓸데없이 빼기는 표정을 짓더니 머리카락을 휙 넘겼습니다.

"몰라, 라고 말하면 거짓말이 되겠지——."

"아신다고 하네요."

아마도 일레이나를 지켜보는 모임인지 뭔지에 소속되어 있는 사람들에게 일레이누 씨의 집 주소 같은 건 줄줄 외울 수 있을 만큼 당연한 정보인 것일 테지요.

"이미 자택 주소는 다 알려진 모양이니, 상인들에게 가르쳐주도록 꾸며도 괜찮지 않을까요?"

간단히 제안하는 저.

"우으…… 그건 좀……."

노골적으로 떨떠름해하는 일레이누 씨.

"참고로 내 동료가 오늘, 당신들이 찾고 있는 상인과 만났다나 봐."

그리고 옆에서 다 안다는 얼굴의 여성은 은근슬쩍 중요한 말을 했습니다.

"일레이나의 얼굴이 그려진 지폐와 교환하는 조건으로 가르쳐 줬다고 하던데."

…………….

저와 일레이누 씨 둘이서 그녀를 노려보았습니다.

그것은 요컨대 이미 상인들에게 집 주소가 알려졌다는 뜻인가요?

그렇다면 그들은 이미 일레이누 씨 집으로 가고 있을 가능성이 높다는 뜻이 아닌가요?

즉 저희와 상인은 서로 엇갈리고 말았을 가능성이 높고, 더 간결하게 말하자면 길에서 사람을 찾으며 다녔던 지금까지의 흐름이 전부 의미 없었다는 뜻이기도 했습니다. 이미 저희를 기다리고 있을 사람을 찾아다녔던 것이니까요.

"어째서 그런 중요한 걸 말하지 않은 겁니까?"

"상대의 사생활을 존중한다…… 그것이 바로 우리라고 하는 존재야……."

과연, 그렇군요.

"범죄자끼리 심퍼시를 느꼈다는 겁니까?"

"닥쳐!"

아무튼 저와 일레이누 씨는 둘이 함께 그녀의 집으로 돌아가기로 했습니다.

"어, 어쩌지…… 어쩌지…… 큰일이야……."

안절부절못하는 일레이누 씨와 함께, 돌아가기로 했습니다.

대체 그녀는 왜 이리 초조해하는 것일까요? 분명 제가 집에 들어가려 했을 때도 거부했던 것 같습니다만——.

"집 안에 뭐가 있는 건가요?"

묻는 저.

그녀는 답했습니다.

"남에게 보여줄 수 없는 게…… 잔뜩 있어요……."

○

"여기가 그 자식 집인가……?"

상인이 재의 마녀 일레이나의 집——이라고 마을 사람에게 알아낸 것은, 숲속에 있는 작은 외딴집이었습니다.

무기를 든 상인 한 명.

그리고 지팡이를 손에 든 뒷세계의 마법사 여성들.

그들은 주변을 경계하면서 문 앞에 섰습니다.

"……준비됐나?"

동료들에게 신호를 보내는 것은 상인.

"다들, 잘 들어. 가능한 한 신체에 상처는 내지 마."

마녀 탓에 입은 큰 손해를 그녀 자신에게 보전시키기 위해 상인은 그녀를 잡을 심산이었습니다.

상대는 마녀.

그러나 지팡이를 들고 있지 않으면 평범한 인간.

"순식간에 결판을 낸다. 알았지?"

즉, 마녀의 허를 찌르는 것이 무엇보다도 중요합니다.

곧이어 안의 상태를 살피러 갔던 한 마법사가 돌아왔습니다.

"목표물은 현재 거실에 앉아서 휴식을 취하고 있습니다."

그것은 바로 마녀의 허를 찌를 가장 좋은 기회라고 할 수 있었습니다.

"좋았어."

상대가 방심하고 있는 지금.

상인은 마법사들과 시선을 교환하고.

"돌입한다——."

그리고 집 문을 차 부수며 마법사들과 함께 우르르 들이닥쳤습니다.

먼저 마법사들이 지팡이를 휘두르고, 방 일대를 뿌옇게 연기로 뒤덮었습니다. 실내에 있는 마녀는 이쯤에서야 적이 공격해 왔다는 사실을 깨달았을 테지요—— 그러나 이미 늦었습니다. 그녀들은 거실에 앉아 있던 마녀를 재빠르게 포위하고는, 지팡이를 휘둘러 가벼운 전격을 쏟아부었습니다.

몸을 마비시킨 뒤에는 마법으로 수갑과 족쇄를 채우고, 거기에 더해 쓸데없는 말을 하지 못하도록 머리에 포대를 뒤집어씌웁니다.

전부 계획대로.

"역시 대단해……."

너무나도 막힘없는 흐름에 상인은 감탄했습니다. 연막이 걷혀 가는 중에 포대를 뒤집어쓴 검은 로브의 마녀가 고개를 떨구고 있었습니다.

"마녀라고 해도 우리 손에 걸리면 이 정도지. 적으로 돌릴 상대를 잘못 골랐어."

실컷 후회해라——.

상인은 마녀의 어깨에 손을 올렸습니다.

"……?"

올려놓은 직후에 상인은 고개를 갸웃거렸습니다.

——뭔가, 이 애 어깨, 엄청나게 딱딱한데…….

살짝 힘을 주어보았지만 여성의 부드러움은 전무. 마치 나무로 되어 있는 것만 같았습니다. 대체 어떻게 된 일일까요?

"어……?" "뭐, 뭐야 이 방은……!" "이 마녀, 대체 뭐지……?"

고용된 마법사들이 당황한 목소리를 내기 시작한 것은 바로 그때였습니다. 자신의 머릿속에 떠오른 의문이 해결되지 않은 채로 상인은 그녀들 쪽으로 시선을 돌렸습니다.

"너희, 갑자기 왜 그——."

입에서 나오던 말은 도중에 멈추었습니다.

고용된 마법사들이 바라보고 있는 것은, 거실의 벽.

거기에는 대량의 사진이 있었습니다.

찻집에서 혼자 독서를 하고 있는 일레이나 씨. 길 위를 여유롭게 걷고 있는 일레이나 씨. 빗자루로 하늘을 나는 일레이나 씨. 광장에서 빵을 우물우물하고 있는 일레이나 씨. 꽃을 바라보며 방긋 웃고 있는 일레이나 씨. 길바닥에 굴러다니던 동전을 줍고 "어머나 오늘은 운이 좋네요"라며 히죽거리는 일레이나 씨. 일레

이나 씨. 일레이나 씨. 일레이나 씨. 한 면을 온통 일레이나 씨가 뒤덮고 있었습니다.

"이, 이게 뭐야―― 대체 뭐가 어떻게 된 거야!"

그것은 마치 일레이나 씨에게 몹시 집착하고 있는 스토커의 방 같았습니다.

그리고 재의 마녀 일레이나 본인의 방이라고 하기에는 너무나도 부적절한 광경.

"……설마."

방금 잡은 인간이 일레이나 본인이라면, 사진을 늘어놓을 필요가 없을 터―― 안 좋은 예감이 든 직후, 상인은 머리에 씌운 포대를 벗겨냈습니다.

동시에 놀랐습니다.

"이, 인형이라고?!"

안에서 나타난 것은, 몸에 걸친 옷부터 표정까지 아름답게 만들어진 목제 인형.

만졌을 때의 느낌이 딱딱했던 것도, 전격을 맞고 꼼짝하지 않았던 것도, 결국은 처음부터 그녀가 사람도 뭣도 아니었기 때문이었습니다.

"말도 안 돼……! 우리의 돌입을 예견했다는 건가?" "어떻게 그런……!"

마법사들 사이에서 동요가 일었습니다.

"여기에 본인이 없다면, 재의 마녀 일레이나는 대체 어디에……?"

이윽고 누군가가 입을 열었습니다.

그 의문의 답은, 숲 저편에서 날아왔습니다.

"안 돼애애애애애애애애애애애애애애애애애애애애애애애애애!"

빗자루에 탄 채로, 무시무시한 속도로, 한 마녀――의 차림을 한 소녀가, 이어서 숲속의 외딴집으로 돌진해 왔습니다.

상인 일행은 후에 이때의 일을 "마치 바위가 하늘에서 쏟아져 내린 것 같았다"고 이야기하게 됩니다.

실제로, 뒤를 따라 여유롭게 빗자루를 타고 온 저도 이미 비슷한 감상을 느끼고 있었습니다. 일레이누 씨 댁은 지붕이 무너졌고 벽도 거의 반쯤 붕괴.

집 안 대부분은 건물의 잔해에 파묻혀 끔찍한 꼴이 되었습니다.

"대체 무슨 일이 있었던 건가요?"

상인분들은 어디에? 그보다 어째서 집을 파괴한 겁니까?

저는 잔해 앞에 웅크려 앉으며 물었습니다.

"아무것도 아니에요!"

허둥지둥 어쩔 줄 몰라 하며, 간신히 남아 있던 벽에 붙은 종이들을 떼어내고 다니는 일레이누 씨.

그것은 마치 들켜서는 안 되는 켕기는 것을 필사적으로 감추는 어린아이처럼도 보였습니다.

과연 대체 무엇을 감추고 있는 것일까요? 하고 제가 눈을 가늘게 뜬 직후의 일이었습니다.

"어라?"

팔랑팔랑 하늘에서 한 장의 종잇조각이 날아와 제 손 위로 떨어졌습니다.

아마도 일레이누 씨가 집을 파괴한 충격으로 날아갔던 것이 떨어진 모양입니다.

"이게 뭔가요?"

놀랐습니다.

거기에 있던 것은 제가 그게 무슨? 하며 갸우뚱하고 있는 한 장의 사진이었던 것입니다.

명백하게 몰래 숨어서 찍은 사진이었던 것입니다.

"일레이누 씨, 이건——."

"안 돼애애애애애애애애애애애애애애!"

절규하면서 제 곁으로 달려오는 일레이누 씨.

"아, 아아아아아아아아아아니에요! 오해예요오!"

"하아아……."

깊은 한숨을 내쉬는 저.

그녀는 울면서 제게 매달렸습니다.

"아아아아아아아! 미워하지 말아주세요오오오오오오오!"

"아니, 뭐…… 사진 정도라면 딱히 질색하지 않을 테니까…… 괜찮습니다. 하하하하하."

"이미 표정이 없어져가고 있잖아요! 질색하고 있잖아요!"

"뭐, 하지만 이 이상은 없을 거라고 생각하니까요. 괜찮습니다."

그보다도 지금은 상인분을 찾아야죠. 저를 쫓던 그는 대체 지금 어디에?

주변을 둘러보는 저.

"크읏…… 어떻게 돼먹은 여자야……! 갑자기 공격해 오다니……!"

평범하게 나왔습니다.

잔해 아래에서.

──저와 똑같은 의상을 몸에 걸친 목제 인형을 끌어안고서.

…………

"징그러워……."

"안 돼애애애애애애애애애애애애애애애애애애!"

사진만이 아니라 인형까지 준비해뒀던 겁니까? 게다가 인형의 두 팔다리에는 수갑과 족쇄가 채워져 있었고, 어째서인지 옷이 살짝 벗겨져 있는 지경.

"당신, 저한테 뭘 하려던 겁니까……?"

스으으윽, 일레이누 씨에게서 거리를 두는 저.

"아니에요! 수갑 같은 건 내가 한 게 아니에요! 정말이에요! 미워하지 말아주세요!"

"접근하지 말아주시겠습니까?"

"안 돼애애애애애애애애애애애애애애애애애애!"

그녀는 단말마를 내지른 끝에 그 자리에 쓰러졌습니다.

제게 거절당한 것이 그렇게나 충격적이었던 것일까요? 혹은 집을 반파시킬 정도로 돌진했던 충격의 대미지가 이제야 왔는지도 모릅니다.

어느 쪽이든 이리하여 사건 현장은 겨우 고요해졌습니다.

"훗……."

그리고 정적이 찾아온 순간, 잔해 위에서 상인분은 웃었습니다. 포기한 듯한, 무언가 깨달은 듯한, 한숨과도 닮은 웃음.

그리고서 그는 저를 바라보며 말했습니다.

"처음부터 다 내다보고 있었던 건가…… 역시 대단해, 재의 마녀."

"네? 아니 무슨 말씀이신지?"

무너진 집 앞.

손에 든 사진과 똑같이 그게 무슨? 하고 이상하다는 표정을 짓는 아름다운 마녀가 한 명 있었습니다.

그것은 대체 누구일까요?

그렇습니다. 진짜 저입니다.

○

상인 일행의 증언으로 일레이누 씨가 집을 파괴하기 전의 일부터 지금에 이르기까지의 정보가 보완되었습니다.

아무래도 목제 인형에 채워진 수갑과 족쇄는 고용된 마법사들이 준비한 것이었나 봅니다.

조금 안심했습니다.

"아니 하지만 그래서는 결국 제 인형을 집에 장식했었다는 사실에는 변함이 없는 것이 아닌지……?"

그럼 전혀 안심할 수 없겠군요.

일레이누 씨 스스로 파괴한 집을 원래대로 고쳐드린 뒤에 저는 다시 목제 인형을 보고 평범하게 질색했습니다.

동경하는 것은 본인 마음이지만, 제 모습을 극단적으로 흉내

내거나, 인형을 두거나 하는 것은 평범하게 무섭습니다.

가능하다면 그만둬 줬으면 좋겠습니다만—— 저는 조심스럽게 그녀에게 물었습니다. 물으면서도 분명 그만두는 일은 없으리라고 느끼고 있었습니다.

"일레이나 씨는, 매우 위험한 세상을 살고 있군요……."

그렇기에 그녀의 대답에는 아주 조금 놀랐습니다.

"나, 각오가 조금 부족했는지도 모르겠어요……."

말하면서 그녀가 바라보는 것은, 원래대로 돌아간 방의 거실.

의자에 앉은 목제로 된 저.

만약 앉아 있던 것이 일레이누 씨였다면.

분명 지금쯤 그녀는 상인에게 납치되어 어딘가 먼 나라로 끌려갔을지도 모릅니다.

"…………."

인형이 대역이 되어준 것은 불행 중 다행이었습니다.

"뭐, 제 주변에는 이런 위험이 가득하답니다."

그렇기에 제게는 재의 마녀라는 이름이 있고, 그리고 그 이름에 걸맞은 힘을 갖추고 있는 것입니다.

여로에는 좋은 것만 있는 게 아닙니다. 저라는 여행자는 혼자이고, 여로에 만연한 위험도 저 혼자서 제거해야만 합니다.

그 힘이 없다면, 저는 스스로 재의 마녀 일레이나라고 칭해서는 안 될 겁니다.

"지금은 당신 주변에 좋은 사람만 모여 있을지도 모르지만—— 앞으로는 이런 식으로 위험한 사람도 나타날지 모릅니다."

사람들의 주목을 받는다는 것은, 좋은 평판도 나쁜 평판도 짊어진다는 것이나 다름없습니다.

"그러네요……."

고개를 끄덕이는 일레이누 씨.

"앞으로의 일은, 다시 좀 생각해봐야겠네요……."

"그래요."

고개를 끄덕이는 저.

이번에야말로 안심했습니다.

이어서 그녀는 검은 삼각 모자를 벗고.

아주아주 당연한 말을 툭 내뱉었습니다.

"저 같은 건, 일레이나 씨가 될 수 없겠네요――."

이리하여, 재의 마녀 일레이나를 흉내 내던 소녀는 평범한 한 사람으로 돌아왔습니다.

그리고 다음 날의 일.

"어제 보고 또 보네요!"

어느 나라에서 멍하니 시간을 보내고 있던 제 눈앞에 한 소녀가 갑자기 나타났습니다.

머리카락은 잿빛 쇼트커트, 눈동자는 연분홍색. 몸에 걸친 것은 눈동자와 같은 연분홍색 로브와 삼각 모자.

어딘가 모르게 저와 닮았고, 그러나 보면 볼수록 전혀 다른 모습의 소녀.

거기에 있던 것은 전날까지 제 이름을 사칭하던 그녀였습니다.

"분위기가 상당히 달라졌네요."

눈동자 색과 생김새가 원래 달랐기도 했기에, 머리 모양과 로브를 바꾼 그녀의 모습은 이미 다른 사람 그 자체.

제 이름을 써본들 동일 인물이라고 오해받을 일은 일단 없을 테지요.

"어제, 그 후로 계속 생각해봤는데요……."

저인 척을 하면 그만큼 위험인물도 꼬여 든다.

그 사실을 깨달은 그녀는 하나의 대책을 취한 모양이었습니다.

말하길.

"——앞으로는 일레이나 씨의 후배 아카나로서 활동해나가기로 했어요!"

후배.

동일 인물이 아닌, 어디까지나 후배.

후배인 만큼 제 영향을 받았고, 후배인 만큼 어딘가 모르게 제 용모를 닮았다. 그런 것으로 하면 제 사진을 방 벽에 장식해두어도, 인형을 갖고 있어도 위화감이 없으리라는 사실을 깨달았다고 합니다.

"아니 저는 사진이나 인형을 철거해주길 바랐습니다만——."

"그건 무리인 이야기예요! 선배!"

"바로 후배인 척을 하고 있어……."

저는 딱히 허락한 적이 없는데…….

그것보다.

애초에 그 이전에.

"그건 그렇고 어떻게 제가 있는 곳을 안 건가요?"

어제 헤어진 이후, 저는 그녀에 관한 것은 신경 쓰지 않고 자유로운 여행으로 돌아온 참입니다만.

당연히 행선지도 알려주지 않았으니, 그녀가 태연하게 제 앞에 나타나는 일이 가능할 리 없습니다.

미행이라도 하지 않는 한은.

"사실 친절한 친구가 있는 곳을 가르쳐줬어요."

"친절한 친구."

라니, 그게 누구인가요?

"잠깐만요."

그리고서 아카나 씨는 저를 그 자리에 내버려둔 채, 뒤쪽으로 종종걸음쳐 갔습니다.

그리고 몇 초 후.

그림자 속에 숨어 있던 다 안다는 얼굴의 여성을 데리고 돌아왔습니다.

"또 만났네――."

"대체 뭡니까……?"

아무래도 다 안다는 얼굴의 여성과 아카나 씨는 어제의 그 일 이후 친구 사이가 되었나 봅니다.

그야말로 유유상종.

"위험한 사람끼리 심퍼시를 느낀 겁니까?"

"닥쳐!"

혼났습니다.

그러나 일레이누 씨가 진짜가 아닌 이상── 일레이누 씨에서 아카나로 이름을 되돌린 이상, 일레이나를 뒤에서 지켜보는 모임은 오늘부로 해산.

앞으로는 아카나 씨와 지극히 평범한 교우 관계를 구축해갈 거라고 합니다.

………….

그 사람 당신을 스토킹했던 사람인데, 괜찮은 겁니까?

"나는 학교에 친구가 전혀 없었거든요. 그래서 지금 매우 기뻐요!"

고개를 갸우뚱거리는 제게 아카나 씨는 눈을 빛내면서 말했습니다. 뭐, 본인이 행복하다면 제가 참견할 이유는 없겠죠──.

미래에 대한 희망을 품으며 아카나 씨는 눈을 빛냈습니다.

"일레이나 씨 덕분에, 저 여러 가지로 달라질 수 있을 것 같아요!"

"그거 잘됐네요."

자신을 속이는 일 없이.

타인의 이름을 빌리는 일 없이.

앞으로는 그저 아카나로서 살아갈 테지요.

우여곡절이 있기는 했지만── 정말로 우여곡절이 있기는 했지만, 그녀는 드디어 자신이 나아가야 할 진로를 발견한 것일 테지요.

"고맙습니다! 일레이나 씨."

깊게 고개를 숙이면서 그녀는 말했습니다.

그러나 감사 인사를 들어도 곤란할 따름입니다.

저는 딱히 아무것도 하지 않았습니다.
“저는 이름을 빌려줬을 뿐인걸요.”
쓴웃음을 지으면서 그저 한마디의 답을 하고, 저는 그녀들에게 손을 흔들었습니다.
작별의 신호입니다.
제가 천천히 걸음을 내디디자 그녀들도 또한 손을 흔들었습니다.
“작별 인사는 하지 않을게요! 또 만날 수 있을 거라고 믿으니까요!”
“네네.”
그렇게 그녀는 마지막까지 쭉 미소를 짓고 있었습니다.
꾸밈없는, 진짜 미소를.

아카나 씨.
저도 또한, 그녀와 다시 만날 수 있을 거라고 믿고 있었습니다.
다시 만나게 되는 날은 과연 언제일까요?
저는 그날이 몹시도 기다려졌습니다.
“——아, 잠깐만. 너, 일레이나 맞지?! 오랜만이야!”
여행 도중.
어느 나라에 다다랐을 때, 낯선 남성이 말을 걸어왔습니다.
글쎄요, 누구일까요? 처음 방문한 나라이니 당연하게도 아는 얼굴도 없을 터입니다. 그렇다면 어딘가 다른 나라에서 만났던 분인 걸까요?

낯선 얼굴을 바라보면서 저는 잠시 기억을 더듬었습니다.

그러자 눈앞의 남성은 빙긋 웃으며 말했습니다.

"사인해줘! 나 있지, 네 팬이거든. 전에도 네 노래를 들으러 갔었어!"

"………….."

아마도 아카나 씨가 저인 척을 했던 폐해일 테지요.

그 후로 한동안 낯선 분들이 친근하게 말을 걸어오는 사안이 다수 발생했고, 저는 어마어마한 민폐를 당했습니다.

다시 만나면 불평 한마디라도 해드릴 예정입니다.

마녀의 여행 21
THE JOURNEY OF ELAINA

어느 나라의 찻집에서 저는 신문을 읽고 있었습니다.

여행하는 마녀에게 있어 주변 나라의 정보 수집은 필수 사항. 앞으로 갈 나라의 치안 상황을 사전 조사하는 데에도, 지금까지 방문했던 나라의 그 후 상황을 아는 데에도, 신문은 여러 가지로 도움이 됩니다.

"…………."

그날, 제 시선을 끈 것은 어느 습지에 있는 집락에서 일어난 처참한 사건에 관한 헤드라인이었습니다.

집락에 직접 방문한 적은 없습니다. 그저 그 근처를 지나갔을 뿐입니다. 그러나 기사를 읽으면 읽을수록 모르는 곳에서 벌어진 사건이라고는 생각할 수 없었습니다.

저는 적힌 글자를 손가락으로 훑으며 과거에 일어났던 사건을 머릿속으로 돌이켜보았습니다.

거기서 만났던 그의 이름을, 중얼거렸습니다.

"……리노 씨."

밝은 미래를 꿈꾸었던 소년의 이름을, 중얼거렸습니다.

○

"나는 이제 한 사람 몫을 할 수 있어……."

그날 제가 습지 안에서 만난 소년은 그렇게 말하면서 땀을 훔쳤습니다.

올려다본 하늘은 높았고, 투명하리만치 푸른 하늘에 태양이 하나. 주변 일면에는 저희 키만 한 풀이 무성했고, 미적지근한 물이 발을 적시고 있었습니다.

"나는 이제, 한 사람 몫을 할 수 있어……!"

그러니까 괜찮다.

무서워할 것 없다.

발목까지 잠길 정도의 물웅덩이를 힘껏 내디딜 때마다 불안과 긴장으로 가득한 목소리가 울렸습니다.

나이는 열다섯 정도. 검은 머리카락에 마른 체구. 지팡이를 움켜쥐고 풀숲을 헤치면서 그는 저희를 이끌었습니다.

발이 더러워지지 않도록 빗자루에 탄 제가 그의 뒤.

그리고 제일 뒤에는 그의 누나.

"무리하지 마, 리노."

달래듯이 그녀는 말했습니다.

그녀의 이름은 아밀라.

동생과 같은 검은 머리카락이 어깨에 닿을 만큼 자라 있었고, 마찬가지로 검은 눈동자가 동생을 향하고 있었습니다. 걱정스러운 것일 테지요.

그러나 그는 조금 어른인 척을 하고 싶은 나이대인지도 모릅니다. 발끈하며 뒤를 돌아보고.

"따, 딱히 무리하고 있지 않거든! 실례잖아!"

그리 말하며 누나를 째려보았습니다.

"그래."

표정을 그다지 바꾸지도 않고 고개를 끄덕이는 누나. 평소부터 그다지 감정을 겉으로 드러내지 않는 분인지도 모릅니다.

"누나야말로, 여유 부릴 수 있는 것도 지금뿐이거든. 어쩌면 내가 누시를 사냥해서 마을의 최고 자리에 오를지도 모른다고."

의기양양한 모습으로 코를 울리는 리노 씨.

그리고 그의 시선은 누나의 앞에 있는 제게로 향했습니다.

"마녀님도 위험해지면 누나 뒤에 숨어. 분명 지켜줄 거야."

제게 건넨 말에서는 누나에 대한 절대적인 신뢰가 느껴졌습니다.

저는 고개를 끄덕였습니다.

"그럼 사양하지 않겠습니다. 누시라는 게 나오면 숨기로 하죠."

그리고 말하면서 신발 앞코로 톡 물웅덩이를 찼습니다.

높지도 않고 낮지도 않게, 머리가 풀 위로 튀어나오지 않을 정도의 높이를 유지한 채로 저는 빗자루로 떠 있었습니다.

제가 그들과 만난 것은 지금으로부터 약 한 시간 정도 전이었습니다.

"누시?"

그녀 일행을 습지 안에서 발견한 것은 정말로 우연이었습니다.

한 명은 소년, 또 한 명은 어른스러운 분위기의 여성. 양쪽 모두 지팡이를 손에 든 마법사였고, 검은 머리카락과 생김새로 보아 누나와 동생 관계이리라는 것은 간단히 상상할 수 있었습니다.
제가 알아차린 것과 동시에 아무래도 저쪽도 이쪽을 알아차렸는지, 천천히 손을 흔들면서 인사를 해주었습니다. 이렇게 되면 무시를 하는 것은 조금 예의가 아닌지라, 저는 그들에게 다가가 인사를 했습니다.
안녕하세요. 이런 데서 뭘 하고 계시는 건가요?
재의 마녀 일레이나라고 가볍게 자기소개를 한 다음에 저는 물었습니다. 그러자 그들은 소곤소곤하며 답했습니다.
"누시를 찾고 있어"라고.
그래서 고개를 갸웃거렸습니다.
누시.
……가 뭔가요?
"이 습지에 사는 마물이야."
답해준 것은 동생── 리노 씨였습니다.
"아주 크고, 그러면서 사나워. 하지만 좀처럼 사람 앞에 모습을 드러내지 않는 이 습지의 주인. 그 마물을 누시라고 부르고 있어."
"그렇군요."
처음 들었습니다…….
"우리가 지금 사는 집락과 주변 마을에서는 유명한 마물이야. 전부터 정기적으로 출현이 보고되었는데 아무도 쓰러뜨리지 못했대. 쓰러뜨리기는커녕 지금까지 몇 명이나 되는 사람이 희생되었다나 봐."
"상당히 위험한 생명체로군요."

"그래서 우리 집락도 지금은 상당히 엄중하게 경계를 하고 있지."

"그래서 두 분은 그 누시가 주변을 어슬렁대고 있지는 않은지 순찰하고 있던 참인가요?"

"좀 다른데."

"그 말씀은?"

묻는 제게 그는 말했습니다.

"우리는 누시를 쓰러뜨릴 생각이야."

태연한 기색으로 그런 말을 했습니다.

"……쓰러뜨려?"

지금까지 몇 명이나 되는 사람이 희생되었을 만큼 위험한 마물, 이라고 들은 직후입니다만? 하고 얼굴을 찌푸리는 저.

그는 여전히 의기양양한 표정을 무너뜨리는 일 없이 설명했습니다.

"지금까지 쓰러뜨리지 못했던 건 우리 집락에도 주변 마을에도 뛰어난 마법사가 없었기 때문이거든."

"마법사를 상당히 높게 평가하고 있군요."

"마법이라기보다 누나를, 이라고 해야 하려나."

힐끗 자신의 누나에게 자랑스러운 시선을 보내는 리노 씨.

"우리 누나, 엄청나게 강하거든. 지금까지 여러 마물을 혼자서 해치웠고, 당연히 마을 누구도 적수가 안 돼. 혼자서 도적을 괴멸시킨 적도 있어."

그녀와 함께라면 누시가 상대여도 아무것도 무섭지 않다고 말하고 싶은 것일 테지요.

그런 그의 옆에서 누나인 아밀라 씨는 인형처럼 멍하니 있었습니다. 원래부터 말수가 적은 분인지도 모릅니다.

그리고서 저는 마주친 김에 이 주변 집락과 마을에 관해 물어보았습니다. 여행자란 언제든 숙박할 수 있는 곳을 찾아다니는 법. 이 주변은 어떤 느낌인가요? 그렇게 저는 잡담 중에 물으면서 고개를 갸웃거렸습니다.

말하길 어느 마을과 집락이든 사람들 사이의 유대가 강하고, 대조적으로 외지인에게는 차가워 여행자를 받아들여 주지 않는다고 합니다.

"특히 마법사에 대한 차별과 편견은 상당히 강해. 아마도, 빗자루에 탄 채로 집락을 방문한 순간 돌을 맞지 않을까?"

즉, 저 같은 외지인인 데다가 마법사 같은 사람은 거절당할 가능성이 높다는 말인가요.

"그렇지만 두 분도 마법사 같은데요?"

"우리는 특별하거든. 우리라고 할까, 누나가 특별한 거지만."

차별을 실력으로 눌러버린 거야, 하고 그는 말했습니다.

그렇기에 자랑스러운 누나인 것일 테지요.

"하지만, 우리 이외의 마법사한테는 아직 차가운 차별 의식이 있으니까, 숙박하고 싶다면 습지를 빠져나간 곳에 있는 나라로 가는 편이 좋을 거야."

과연 그렇군요. 고개를 끄덕이는 저.

"고맙습니다. 정보 제공, 감사드려요."

빗자루 위에서 감사 인사를 했습니다.

"아니 아니, 나야말로 같은 마법사를 만날 수 있어서 좋았어."
헤헤헤 하고 웃으면서 손을 흔드는 리노 씨.
분명 이제부터 다시 누시 탐색에 나서는 것일 테지요.
"몸조심하세요."
"마녀님도."
저희는 말을 나누었습니다.
긴 이야기도 여기서 끝. 저도 슬슬 여행으로 돌아가기로 했습니다.
저는 두 사람에게서 등을 돌렸습니다.
그리고 빗자루를 다시 몰았고.
직후.
"――도와주지 않을래?"
목소리를 들었습니다.
"네?"
멈추고.
돌아보는 저.
이쪽을 바라보는 것은 리노 씨의 누나.
어리둥절한 표정을 짓는 제게 그녀는 반복해 말했습니다.
"당신, 도와주지 않을래?"
피부는 차가운 눈처럼 희고, 이쪽을 바라보는 눈동자는 깊은 어둠 같은 검정. 표정은 어둡고, 안색에서는 감정을 거의 읽어낼 수 없었습니다.
"…………."

딱히 제가 여기서 그녀를 도와야 할 의리는 없습니다. 들은 이야기대로라면 누나 혼자서도 아무런 문제 없이 누시라는 것을 처리할 수 있을 겁니다.

"……뭐, 딱히 상관없습니다만."

그러나 저는 이때 고개를 끄덕이고 있었습니다.

왜냐하면 그녀의 얼굴을 보았을 때, 그렇게 해야만 할 것 같았기 때문입니다.

●

소년에게는 꿈이 있었습니다.

"살아남기 위해 제일 중요한 게 뭔지 알아?"

떠올린 것은 어린 날의 일.

누나는 리노의 머리를 다정하게 쓰다듬으면서 말했습니다.

"살해당하기 전에 죽이는 것. 어떤 때든 이것만큼은, 잊지 마."

그런 식으로 웃어 보이는 누나의 등 뒤로는 숨이 끊긴 마물의 모습이 하나.

어둠 속에서 갑자기 덤벼들자 쓰러뜨린 것입니다. 망설임 없이 날린 마법의 일격이 마물 머리를 꿰뚫었습니다.

"살해당하기 전에, 죽인다……."

"그래. 기억해둬. 말이 통하지 않는 상대에게는 그게 제일이야."

고개를 끄덕이면서 담담히 대꾸하는 아밀라.

리노가 어릴 때부터 아밀라는 집락 안에서 독자적인 위치를 확립하고 있었습니다. 말은 많지 않지만, 마법사로서 흔들림 없는 실력을 갖춘 그녀가 집락에 끈질기게 남아 마법사에 대한 차별 의식을 바꾸었던 것입니다.

차별 의식을 뛰어넘은 곳에 있던 것은 동료로서의 강한 유대.

리노가 열두 살을 맞이했을 무렵에 아밀라는 이미 집락 사람들을 이끌고 가 많은 사냥감을 가지고 돌아올 정도가 되어 있었습니다.

"…………."

집에서 누나가 돌아오기를 기다리면서 리노는 동료들에게 둘러싸여 있는 누나를 부러워했습니다.

강해지고 싶다.

누나와 둘이 어깨를 나란히 할 수 있게 되고 싶다.

어느샌가 그런 꿈을 갖게 되었습니다.

"누나, 누나! 나한테 마법을 가르쳐줘!"

이윽고 리노는 아밀라에게 지팡이를 달라고 졸랐습니다. 마법을 써서 누나처럼 싸우고 싶다. 누나의 뒤를 지킬 수 있는 남자가 되고 싶다. 그런 소원을 털어놓았습니다.

"그래."

아밀라는 기쁜 듯이 미소 짓더니, 나무 지팡이를 세공해 만든 연습용 지팡이를 건넸습니다.

"어엿한 한 사람 몫을 하게 되면, 나랑 같은 지팡이를 줄게."

그 눈은 남동생과 둘이 함께 사냥에 나서는 날을 꿈꾸고 있는 것처럼도 보였습니다.

다음 날부터 아밀라는 사냥을 가는 틈틈이 동생에게 마법을 가르쳐주게 되었습니다. 집락 제일의 실력자인 그녀의, 남동생——주변도 기대하며 두 사람의 수행을 지켜보았습니다.

그렇게 수행을 시작한 지 1년이 되었습니다.

"슬슬 괜찮지 않을까?"

"아직 안 돼."

열세 살을 맞이한 리노에게 아밀라는 고개를 저었습니다.

다시 1년이 흘렀습니다.

"아직 안 돼?"

"응."

아밀라는 여전히 다른 동료를 이끌고서 사냥에 나섰습니다.

아무리 기다려도 연습뿐, 실전은 시켜주지 않았습니다. 낙담했습니다. 무엇이 부족한 것이냐며 분하게 여겼습니다.

그러나 리노는 꿈을 포기하지 않았습니다.

그래서 그 후로도 매일같이 그는 혼자서 묵묵히 특훈을 거듭했습니다.

언젠가 누나가 돌아봐 주기를 바라며, 노력을 거듭했습니다.

그러던 어느 날의 일이었습니다.

"——어이, 들었어? 집락 근처에서 누시가 나왔대."

"——전에 나왔을 때도 큰 피해를 입었는데."

"——또 비축해둔 걸로 생활해야 하는 건가……."

집락 동료들이 서로 수군대는 소리를 리노는 들었습니다.

누시가 나타났다.

리노의 기억이 맞는다면, 지난번 집락 주변에서 목격 정보가 나왔던 것이 5년 정도 전. 순찰을 나갔던 동료가 몇 명인가 죽었던 것을 리노는 기억하고 있었습니다.

당시는 아직 리노는커녕 아밀라조차 마법사로서의 실력을 발휘하지 못하던 때.

그러나 지금 집락에는 강한 힘을 가진 마법사가 있습니다.

"——아밀라라면 어떻게든 해주지 않을까?"

"——그러게……. 아밀라가 쓰러뜨려주려나?"

집락 사람들이 중얼거리는 소리를 리노는 들었습니다.

분하게 여겼습니다.

열심히 특훈을 하고 있는데, 돌아봐 주지 않는 것이.

실력을 인정받을 기회조차 주어지지 않는 것이.

언젠가 누시를 쓰러뜨릴 만큼 강해지고 싶다—— 훈련용 지팡이를 휘두르면서, 리노는 한결같이 그런 바람을 담아서 계속 마법을 날렸습니다.

"——알고 있는 대로, 누시가 집락 주변을 어슬렁대고 있다는 보고가 들어왔다. 우리 집락에서 가장 실력이 있는 건 너다. 미안하지만, 상황을 보고 와주지 않겠나?"

그리고 오늘 이른 아침.

집락의 대표는 아밀라에게 조사를 의뢰했습니다. 그저 조사 의뢰라고 돌려 말했지만, 대표의 부탁은 누시를 잡는 것.

그녀도 그 부탁을 이해하고 있었습니다.

"이번 상대는 지금까지와는 다릅니다. 며칠 동안, 생태를 조사하게 해주세요. 토벌에 나서는 건 그다음으로 하죠."

위험한 상대인 만큼 준비가 필요하다고 그녀는 말했습니다.

그리고서 단독으로 집락을 나섰고, 그녀는 선언했던 대로 습지에서 누시의 생태를 조사했습니다.

돌아온 것은 그로부터 사흘 후.

상처 하나 없이.

평소와 같은 서늘한 얼굴로 돌아온 그녀를, 집락 동료들은 맞이하며 물었습니다.

누시는 지금 어디에 있는지. 집락 아주 가까이에 있는지. 흥분해 있는지. 얌전한지.

집락에 위해가 미칠지 어떨지, 안절부절못했습니다.

그러나 그녀의 대답은, 그들의 기대와는 좀 동떨어진 것이었습니다.

"리노."

그녀는 집락의 동료들—— 그 뒤에 있는, 제 동생을 바라보고.

그리고 말했습니다.

"도와줘."

누나의 손에 들려 내밀어진 것은, 한 자루의 지팡이.

어엿한 한 사람 몫을 하게 되었을 때 비로소 건네받을 예정이었던, 지팡이.

그 말이 의미하는 바를, 리노는 바로 이해했습니다.

함께 누시를 쓰러뜨리러 가자.

분명 그렇게 말하고 있는 것입니다.

"누나——."
지팡이를 받아 들고, 리노는 누나를 바라보았습니다.
오늘, 드디어, 꿈이 이루어진 것입니다.

○

"——하지만 설마 누나와 처음으로 가는 사냥의 대상이 누시가 될 줄은 상상도 못 했어."
갑자기 끼어들어 두 사람의 누시 찾기에 참가하게 된 제게 주어진 일은 짐 담당.
빗자루로 날 수 있는 저라면 짐을 얼마든지 들 수 있으리라고 하는 판단이 두 사람 안에서 자연스럽게 내려졌나 봅니다.
두 명분의 가방을 늘어뜨린 상대로, 저는 동생과 누나 사이에서 한들한들 빗자루를 타고 습지 안을 나아갔습니다.
"누나는 과묵한 것에 비해, 예전부터 상당히 무모한 요구를 해 오는 사람이었거든."
조금 전부터 본인 신상에 관한 이야기를 장황하게 하는 동시에 그는 수다스럽게 누나의 훌륭함을 늘어놓았습니다.
"훈련을 시작했을 무렵에도 갑자기 나한테 지팡이를 들게 하더니 『누나한테 공격을 한 번 날릴 수 있을 때까지 쉬면 안 돼』라고 하거나, 마법 특훈 때도 『과녁에서 한 번이라도 빗나가면 저녁밥 없음』이라고 하거나."
들은 바로는 상당히 고된 훈련의 나날을 보내온 모양입니다.

그러나 그날들을 드디어 보상받게 된 것에 대한 기쁨이 큰 것일 테지요. 그는 활짝 웃으면서 말했습니다.

"하지만 누시를 쓰러뜨린 후의 일이 기대돼. 앞으로는 누나와 함께 사냥을 갈 수 있게 될 테니까."

"잘됐네요."

"응."

그는 기쁜 듯이 고개를 끄덕이고, 사랑하는 누나를 돌아보았습니다.

이끌리듯이 저도 돌아보았습니다.

"…………."

리노 씨가 말했던 대로 누나는 매우 말수가 적은 분이었습니다. 추억 이야기에도 끼어드는 일이 없었고, 저희가 바라보고 있는 지금에 이르러서도 딱히 말을 거는 일 없이 잠자코 있을 뿐.

"리노. 계속 나아가."

입을 열었나 하면 그렇게 동생에게 지시할 뿐.

오른쪽으로 꺾어, 곧장 나아가, 왼쪽으로 돌아.

하는 말은 조금 전부터 그런 것들뿐.

"아, 미안 미안."

누나의 말은 "멈추지 마"라는 의미였던 것일까요. 가볍게 사과하면서 리노 씨는 다시 걷기 시작했습니다.

"…………."

누나는 멍한 모습으로 저희의 뒤를 따라오고 있었습니다.

마치 망령처럼.

"그런데."

누시를 찾아서 습지를 나아가는 도중에, 저는 두 사람에게 물었습니다.

"누시의 특징을 조금 더 자세하게 가르쳐주시겠습니까?"

외견적 특징이라든가, 구체적으로 어떤 식으로 공격을 해 온다든가.

몸의 안전을 지키기 위해서도 예비 지식은 많은 편이 좋을 테지요.

"아, 그러고 보니 말 안 해줬던가?"

"위험한 마물이라는 것 외엔 아직 아무것도 못 들었습니다."

"그렇다면 누나한테 듣도록 해. 조사하고 온 건 누나니까."

그랬었죠.

"그래서, 어떻습니까?"

빙글 다시 뒤를 돌아보는 저.

"누시는 구체적으로 어떤 마물인가요?"

여기에 오기까지 거의 제대로 대화를 나누지 않았던 그녀였지만.

직접 물어보면 뭔가 대꾸해주리라고 저는 생각했습니다.

그러나 그녀가 제게 시선을 보내는 일은 없었습니다.

"거기서 멈춰."

저도 아니고, 동생도 아니고, 어디를 바라보는 것도 아니고, 그녀는 허공을 바라본 채 입을 열었습니다.

"……왜 그래? 누나."

상태가 이상한데? 하고 의아한 표정을 지으며 리노 씨가 멈춰 섰습니다.

"…………."

누나는 답하지 않았습니다.

위화감이 들었습니다.

그녀는 어째서 아무 말도 안 하는 것일까요.

리노 씨의 추억 이야기 속에서는, 적어도 다소는 의사소통을 주고받는 사람이었는데.

아니, 애초에.

그녀는 어째서 제게 동행을 권한 것일까요?

누시를 며칠이나 조사하고도 상처 하나 없이 생환할 수 있을 만큼 강하다면, 일부러 일면식도 없는 제 손을 빌리지 않아도 리노 씨만 데려가도 쓰러뜨리는 것은 간단할 터입니다.

애초에 처음 사냥에 나서는 동생을 데리고 다닌다는 것은, 적어도 그가 아무리 발목을 잡는다고 해도 지켜낼 자신이 있다고 하는 뜻이나 다름없습니다.

그렇지 않다면 누시 토벌을 위해 동생을 데리고 올 리가 없습니다.

"……누나?"

그리고 리노 씨가 걱정스러운 기색으로 물었을 때의 일이었습니다.

"…………."

툭.

하고, 선 채로 잠들 듯이 아밀라 씨는 고개를 숙였습니다. 양손을 축 늘어뜨리고, 다리에도 힘은 없습니다. 끼릭끼릭끼릭 무언가가 조여지는 듯한 소리가 났습니다. 천천히 그녀의 다리가 물웅덩이에서 뽑혀 나왔습니다. 자신의 의지로 나는 것도, 걸음을 옮기는 것도 아니었습니다. 그녀는 그 자리에서 둥실 떠올랐습니다. 끼릭끼릭끼릭 하고 삐걱거리는 소리가 났습니다. 그녀의 몸이 좌우로 흔들렸습니다.

그녀의 몸은, 매달려 있었습니다.

"누, 나……?"

아연실색한 리노 씨에게 아밀라 씨가 답하는 일은 없었습니다.

바로 이 순간까지 모습을 감추고 있던 것일까요.

하나의 끈 같은 것이 아밀라 씨의 목에 감긴 채 위로 뻗어 있었습니다. 따라가 보니 끈은 호를 그리며 저희 전방으로 뻗어 있었습니다.

그리고 끈의 끝에는 마물이 한 마리.

"……도로네로."

어느 지방에서 그러한 이름의 마물이 존재한다는 말을 들은 적이 있습니다.

주로 습기가 많은 장소를 좋아하며, 생김새는 대략적으로 말하자면 인간을 통째로 삼킬 수 있을 크기의 개구리라고 해야 할까요.

가장 큰 특징은, 그 생태에 있습니다.

도로네로라고 불리는 마물은 두 가지 큰 특징을 가지고 있습니다.

"왜…… 어째서……? 내 눈앞에, 이런 건, 없었는데——."

우선 첫 번째.

자신의 몸을 투명하게 만들 수 있다고 합니다. 사냥감이 가까이 다가올 때까지 가만히 그 자리에서 기다리는 경우가 많다고 들었습니다.

그러나 기다리고 있기만 해서는 사냥감은 나타나지 않습니다. 우연히 마주친다고 해도, 사냥감의 동료가 경계해서 도로네로 근처로 다가오지 않을지도 모릅니다.

그렇기에 두 번째 특징을, 갖고 있습니다.

"…………."

눈을 떼지 않으려 제가 노려보는 와중에 도로네로의 머리 부분에 난 낚싯대 같은 더듬이가 출렁 흔들렸습니다.

아밀라 씨의 머리가 푹 꺾였습니다.

"……도망치세요. 리노 씨."

저는 눈앞에 있는 그를 향해 중얼거렸습니다.

도로네로는 잡은 사냥감의 시신을 이용해 사냥을 합니다. 시신의 머리를 더듬이로 꿰어서 마치 살아 있는 것처럼 말하게 해 다른 사냥감을 유인하고, 그리고 차례차례 포식합니다.

즉, 저희는 미끼를 문 물고기나 마찬가지.

"누나…… 누나…… 거짓말, 이지? 누나……."

넋이 나간 리노 씨.

도로네로는 실의에 빠진 그를 비웃듯이, 커다란 입을 벌렸습니다.

저는 당시의 일을 떠올릴 때마다, 지독한 후회에 시달립니다. 분명 그때 제가 더 빠른 단계에서 눈치를 챘더라면, 최악의 사태는 피할 수 있었을 겁니다. 강제로 리노 씨를 그 자리에서 피난시켜두었더라면 좋았을 겁니다.

망설이면 죽는 상황. 저는 도로네로를 물리치는 것을 최우선으로 삼았습니다. 눈앞에 서 있는 그를 제친 후 지팡이를 휘둘렀습니다.

날린 마법은 작열하는 불덩이. 닿은 것을 전부 녹이는 불덩어리가 도로네로의 오른쪽 앞다리를 도려냈습니다. 낚은 사냥감에게 예상치 못한 반격을 당한 도로네로는 놀라 물러났고, 다시 모습을 투명하게 바꾸었습니다. 불덩어리가 발치의 물을 증발시키고 있는 것을 알아차리지 못했는지도 모릅니다. 제 지팡이는 작은 물방울에 휩싸인 도로네로를 포착했습니다. 화살처럼 날아간 한 줄기의 빛이 거체를 꿰뚫었습니다.

아마도 그것이 치명상이 되었을 테지요.

습지에 쓰러진 도로네로의 몸이 드러났습니다.

"…………."

저는 이때, 다 끝났다고 생각했습니다.

원흉인 도로네로를 쓰러뜨렸으니 저희 주위에 있던 위험은 전부 제거되었다고 생각했습니다. 그래서 숨을 쉬고, 지팡이를 내리고, 리노 씨 쪽으로 시선을 던졌습니다.

그러나 그는 이쪽을 보지 않았습니다.

"……누, 나."

시선 끝에 있는 것은, 지금도 머리가 더듬이에 꿰여 있는 아밀라 씨.

저도 몰랐던 것이 하나 있었습니다.

예를 들어 머리를 잘린 물고기가 도마 위에서 경련을 일으키듯이, 사후 얼마 안 된 생물의 신체가 움직이는 경우가 있습니다.

도로네로의 경우에는 그 반응이 더듬이 끝에 달린 시신에까지 영향을 미치는 모양이었습니다.

"아아아아아아아아아아아아아아아아아아아아아아아아아아아아아아."

가만히 서 있었을 터인 아밀라 씨가 소리치면서, 지팡이를 휘두르면서── 여기저기로 마법을 날리며 달렸습니다.

아마도 아밀라 씨 안에 있던 마력이 폭주 상태에 빠진 것일 테지요. 날아간 마법들은 땅을 파내고, 풀을 베어 가르고, 나무들을 쓰러뜨렸습니다.

그리고 그녀가 향해 가는 곳에는, 리노 씨가 넋이 나간 상태로 서 있었습니다.

"──위험해!"

저는 방심하고 있었습니다.

그래서 한순간, 아밀라 씨를 향해 지팡이를 드는 것이 늦고 말았습니다.

"누나…… 미안해……."

제가 리노 씨를 도우려 했을 때는 벌써, 그는 마법을 날리고 있었습니다. 이미 죽은 상태인 아밀라 씨의 몸은 너무나도 간단히 꿰뚫리고, 쓰러져, 물웅덩이 속으로 가라앉았습니다.

정말로.

저는 당시의 일을 떠올릴 때마다, 지독한 후회에 시달립니다.

"……리노 씨."

제가 만약 그를 강제로 피난시켜두었더라면.

적어도, 본인 손으로 누나의 시신을 상하게 하는 일은, 없었을 것을.

○

"살해당하기 전에 죽이라는 게, 누나의 가르침이었어."

전부 다 끝난 뒤에 리노 씨는 상처투성이인 시신을 천으로 감쌌습니다.

무어라 말을 걸면 좋을까요. 망설이는 제게 그는 "마음 쓰지 마"라고 말했습니다.

"우리 집락에서는 사냥 중에 동료가 죽는 건 드물지 않은 일이야. ……누나도, 사냥에 나설 때마다 두 번 다시 돌아오지 못하게 될지도 모른다고 각오했었는걸."

여기에 이르는 특훈의 날들 속에서 분명 그런 가르침을 받은 것일 테지요.

시신을 만지는 손길은 조심스러웠고, 그러나 눈물을 흘리는 일은 없이, 그는 차분한 듯 보였습니다.

그래도 그는 아직 10대.

"……괜찮은가요?"

너무 무거운 것을 짊어지고 있는 것은 아닐까요. 저는 그의 옆에 웅크려 앉으며 물었습니다. 앞으로 어떻게 할 건가요? 뭘 할 건가요?

그는 답했습니다.

"집락으로 돌아가서, 결과를 있는 그대로 보고할 거야. 누나는 누시에게 살해당했고, 그 누시는 내가 쓰러뜨렸다. 있는 그대로를 동료들에게 전부 알릴 생각이야."

"……그런가요. 괜찮다면 동행할까요?"

일어난 사건에 대한 증인으로서.

게다가, 시신을 나르는 것도 혼자서는 힘드니까요.

도와줄 수 있는 게 없을까요. 그리 생각한 끝에 저는 리노 씨에게 제안했으나, 그러나 그는 천천히 고개를 저으며 대답했습니다.

"걱정하지 않아도 돼."

그리고 제게 들어 보인 것은, 한 자루의 지팡이.

스스로에게 들려주듯이 그는 말했습니다.

"나는 이제, 어엿한 한 사람 몫을 할 수 있으니까."

●

소년을 꿈을 꾼다.

『한 사람 몫을 다 할 수 있게 되면 뭘 하고 싶어?』

특훈의 날들 중에 아밀라는 리노에게 물었다. 빨려들 것만 같은 아름다운 눈동자. 무표정한 그녀. 리노는 미소 띤 얼굴로 대꾸했다.

『그야 당연히, 누나와 한 팀이 되고 싶지.』

누나와 한 팀이 돼서 집락 사람들을 구한다.

그런 마법사가 되고 싶어—— 리노는 말했다. 그것이 그의 꿈이었다.

『그렇구나.』

누나는 표정을 크게 바꾸는 일 없이 질문했다.

『하지만, 한 사람 몫을 하게 되면 힘들 거야. 참아야만 하는 것도 잔뜩 생겨. 견딜 수 있겠어?』

『물론 견딜 수 있지.』

『괴로운 것도, 슬픈 것도 잔뜩 있어.』

『괜찮아!』

누나와 함께라면, 어떤 일이든 견딜 수 있어.

가슴을 펴면서 리노는 말했다.

언제까지고 누나의 옆에서 쭉 함께하는 것.

그것이 리노의 꿈이었으니까.

"——너……! 잘도 뻔뻔하게 돌아왔구나!"

집락으로 돌아온 리노를 맞이한 것은 동료 남자들이었다.

모두가 몽둥이를 들고 있었다.

리노가 짊어지고 있던 시신에는 눈길도 주지 않고, 그의 얼굴을, 가슴을, 등을 구타했다.

"외지인인 마녀와 함께 아밀라를 죽였지!"

"상태가 좀 이상하길래 걱정이 돼서 보러 갔었다고! 그랬더니 아밀라가…… 아밀라가……!"

"무슨 짓을 저지른 거야!"

"우리의 동료를 돌려줘!"

등이 아팠다. 머리가 뜨거웠다. 통증에서 지키기 위해 머리를 감쌌다. 점점 손끝에 힘이 들어가지 않게 되어갔다.

한 사람 몫을 하게 된 증거로서 건네받은 지팡이가 어딘가로 사라졌다. 시선을 좌우로 돌린다.

부러진 나뭇가지 같은 것이 굴러다니고 있었다.

"이딴 거――!"

동료 누군가가 짓밟았다. 그것이 지팡이였다는 것을 알아차리기까지 시간이 걸렸다. 그만둬. 누나가 준 건데―― 소리를 지르려 했지만 목에서는 숨만 새어 나왔다.

대신 손을 뻗었다.

원형을 유지하지 못한 지팡이였던 것을, 누군가가 차 날렸다. 뒤를 쫓듯이 리노의 상처투성이가 된 손이 땅을 기었다.

"……누나."

지팡이였던 것이 굴러간 곳에, 시신이 내팽개쳐져 있었다.

집락 동료들에게 포위당해, 슬픔에 탄식하는 그들 한가운데, 아밀라는 자신의 지팡이를 든 채로 죽어 있었다. 빛이 없는 검은 눈동자는, 리노 쪽을 향해 있었다.

『한 사람 몫을 다 할 수 있게 되면 뭘 하고 싶어?』

누나가 그렇게 묻고 있는 것만 같았다.

그래서 눈을 감고, 리노는 자신에게 답했다.

누나랑 함께라면 어떤 것이든 견딜 수 있다. 괴로운 것도, 슬픈 것도, 무엇이든 극복할 수 있다.

그리고 꿈을 꾸었다.

따뜻한 햇살 속에서, 누나와 둘이, 사냥에 나서며 서로 웃는다. 괴로운 것도 슬픈 것도 아무것도 없는, 평온한 세계.

평온한 꿈속에서, 아밀라는 웃어주었다.

『살아남기 위해 제일 중요한 게 뭔지 알아?』

이쪽으로 뻗어준 손에는 지팡이가 들려 있었다.

그것은 마법을 배우는 계기가 된 말. 언제나 가슴속에 품고 있던 누나의 말. 어린 시절, 마물에 습격당한 리노를 구해준 뒤 머리를 쓰다듬으며 해주었던 말.

『살해당하기 전에——.』

길을 알려준 그녀의 말을 잊을 수 있을 리 없다.

그래서 리노는 고개를 끄덕였다.

“고마워. 누나.”

그리고 리노는 그녀의 손을 잡았다.

마녀의 여행 21

THE JOURNEY OF ELAINA

그날 아침.

어느 나라의 숙소에서 일어났을 때, 저는 "아, 큰일이야" 하고 머리를 끌어안았습니다.

창문으로 밖을 내다보니 몹시도 시끌벅적한 큰길가. 오늘은 이 나라에서 가장 중요한 축제가 열린다고 했던가요.

날씨는 맑음.

그야말로 축제를 열기 딱 좋은 날.

큰길을 오가는 사람들은 진심으로 오늘이라는 날을 구가하고 있는 듯 보였습니다. 그런 그들의 즐거워 보이는 얼굴을 보면 볼수록 제 기분은 울적해졌습니다.

"……출국이 번거로워지겠네요."

입국하던 때 문지기 병사에게도 간단히 설명을 들었습니다만, 축제가 시작되면 관광객이 늘어 출국 수속에 시간이 더 걸리게 된다고 합니다.

혼잡한 걸 피하고 싶으면 축제가 시작되기 전에 출국하는 편이 좋을 겁니다. 그런 말도 들었습니다만.

체재하는 동안 그 사실을 까맣게 잊어버리고 말았습니다.

그 결과 숙소를 나선 후에도 저는 후회를 하면서 길을 걷게 되었습니다.

평범한 축제라면 저도 그다지 신경 쓰지 않았을 겁니다.

그러나 이 나라의 축제에서 가게 앞에 진열된 물건들은 다른 나라와는 조금 사정이 달랐던 것입니다.

"자아, 구경하세요! 이게 바로 우리나라의 최신예 마법 병기입니다!" "어떠십니까? 최신 총을 시험 사격해보실 수 있습니다." "새 무기 하나 장만하시죠? 지금이라면 크게 할인해드립니다!"

죽 늘어선 것은 위험한 형태를 한 병기들. 검, 도끼, 갑옷 등의 일반적인 무기에 더해, 무기와 마법 도구를 조합한 마법 병기까지 진열되어 있었습니다.

"——우리나라는 매우 뛰어난 군사력을 자랑하며, 1년에 한 번 열리는 축제에서는 최신예 병기와 무기를 여러 이웃 나라에 선보이고 있답니다."

입국할 때 문지기 병사님이 해주었던 말을 저는 떠올렸습니다.

"우리나라에서는 병사로서 나라를 위해 헌신하는 것을 무엇보다 큰 행복으로 여깁니다. 그렇기에 모두가 축제를 고대하고 있지요."

나라의 훌륭함을 선보일 좋은 기회니까요.

문지기 병사님도 역시 축제를 기대하는 한 사람이었을 테지요. 자랑스러워하던 표정은 지금도 기억하고 있습니다.

그러나 저는 나라가 군사력을 자랑하는 축제에 흥미와 관심이 없습니다.

그런고로 축제가 열리기 전에 나라를 떠날 셈이었던 것입니다. 자신의 무계획성에 기막혀하며, 한숨을 내쉬면서 저는 사람으로 넘쳐나는 큰길을 한동안 걸어 문 앞에 다다랐습니다.

"죄송하지만, 현재 문이 매우 혼잡합니다——."

그리고 예상대로, 문 앞은 극심한 정체 현상.

"으에에……."

싫지만 어쩔 수 없이 저는 문 앞으로 이어진 줄의 제일 끝으로 가서 섰습니다.

그러던 때의 일이었습니다.

"——와아, 멋지다! 정말 멋진걸!"

거리의 소란 속, 유달리 기뻐하는 목소리가 제 귀에 울렸습니다. 시선을 돌려보니, 다섯 살 정도의 여자아이 앞에서 웃음 짓는 어른들의 모습이 있었습니다.

"정말로 멋져." "잘 어울리잖아." "장래 훌륭한 병사님이 될 수 있겠어!"

작은 체구에는 도무지 어울리지 않는 커다란 검을 끌어안은 여자아이를 내려다보면서 어른들은 제각기 칭찬했습니다.

아이의 어깨에 손을 올리고 제 일인 것처럼 기뻐하며 고개를 끄덕이는 부모.

"이 아이, 본인 의지로 이 검과 가죽 갑옷을 골랐다니까요. 장난감이나 예쁜 옷이 아니라, 싸우기 위한 무기를 골랐어요!" "부모로서 아주 자랑스러워요!"

너무도 기쁜 나머지 가죽 갑옷을 입히고 검을 들려 축제에 데리고 나온 것일 테지요.

"…………."

부끄러운 듯이 고개를 숙인 여자아이에게는 관심도 두지 않고,

부모는 계속해서 제 아이의 훌륭함을 주변 어른들에게 설명했습니다.

──이래서 저는, 이 나라에 그다지 오래 머물고 싶지 않았던 것입니다.

축젯날이 되기 전에 출국하고 싶었던 것입니다.

이 나라에 입국한 직후의 일입니다.

저는 옷 가게에서, 비슷한 부모와 아이의 모습을 보았습니다.

"아빠, 엄마. 이것 봐!"

가게 구석에서 여자아이는 가리켰습니다.

거기에 있던 것은 먼지를 뒤집어쓴 귀여운 옷. 축제 준비를 위해 가게 안에는 대부분 갑옷과 로브 같은 싸우기 위한 의상이 진열되어 있었고, 그저 귀엽기만 한 옷은 구석 쪽에 다닥다닥 숨기듯 놓여 있었습니다.

여자아이는 보물을 발견한 것처럼 환한 얼굴을 하고 있었습니다.

"얼마 전에 있지, 이 옷을 있지, 친구가 입고 왔었어!"

그것은 바꿔 말하자면 이 옷을 갖고 싶다는 뜻이었습니다. 그 자리에 우연히 있었던 생판 남인 저도 말의 의미는 이해할 수 있었습니다.

가게 한가운데에 있던 어머니는 그런 그녀에게 말했습니다.

"그래. 그래서?"

아버지는 귀여울 뿐인 옷을 멀찍이서 바라보며 말했습니다.

"그런 옷에 흥미가 있는 거니?"

그리고서 부모는 한목소리로 질문했습니다.

"그것 말고는 어떤 옷을 입고 싶니?"

아이라도 입을 수 있는 로브와 가죽 갑옷의 앞에 서면서.

"아, 응……."

귀여운 옷을 포기하고, 아이는 부모 쪽으로 돌아갔습니다. 그리고 결국 어떤 옷을 샀을까요?

분명 부모는 원하는 옷을 자유롭게 고르도록 해주었을 테지요.

부모가 보고 있는 범위 내에서, 자유롭게.

"——그것참, 멋진 광경이로군요."

이윽고 문 앞에 다다랐을 때.

제 시선 끝에 있는 광경을 바라보면서, 문지기 병사는 만족스레 고개를 끄덕였습니다.

"우리나라에서는 어릴 때부터 저렇게 싸우기 위한 무기와 갑옷을 착용하게 해서 투쟁 의식을 강화합니다. ……제가 어렸을 때는 저런 갑옷이나 검은 아무도 사주질 않았는데, 저 애가 부럽네요."

저는 문지기 병사님에게 대꾸했습니다.

"**본인 의지로** 가죽 갑옷과 검을 골랐다고 하네요."

"세상에! 그거 정말 훌륭하네요. 우리나라의 자랑입니다."

문지기 병사님이 지은 표정은 부모나 그 주변을 둘러싼 어른들과 똑같았습니다.

그리고 문지기 병사님은 제게 물었습니다.

"마녀님도 그렇게 생각하시죠?"

마치 동료를 찾듯이.

자신의 인식이 틀리지 않았다고 확인하기 위해. 훌륭하고, 옳은 장소에 자신이 있다고 새삼 말로써 듣기 위해, 묻는 것입니다.

그래서 저는 어른들에게 둘러싸인 아이를 바라보면서.

단 한 마디만 돌려주었습니다.

"정말 착한 아이네요."

하늘이 푸르게 어디까지고 뻗어 있었습니다.

대지는 눈부셨고, 보이는 모든 것이 메말라 보였습니다.

“아무것도 없네요…….”

사막 한가운데에서 보이는 풍경에, 여행하는 마녀는 물을 한 모금 마시면서 한숨을 내쉬었습니다. 시선을 집중해 보니 아득히 먼 저편에 우뚝 솟은 산들. 그 바로 앞에 작은 나라가 하나.

메마른 대지에 있는 것은 그 정도. 전망이 좋은 것이 되려 황폐한 경관을 강조하고 있었습니다.

너무나도 뜨거운 기후에, 메마른 바람. 인류가 제대로 활약하기에는 약간 지나치게 험난한 환경인지도 모릅니다. 마녀의 눈 아래에 펼쳐진 것도, 과거에는 도시로서 번영했었을 터인 흔적들. 아마도 유적이라 불러야 할 것들.

사람 키를 가볍게 넘을 정도의 석조 담장이 주변 일대에 펼쳐져 있었습니다. 복잡하게 얽혀 있는 모습은 마치 미로와 같았습니다.

이곳은 과거, 어떠한 장소였을까요?

하늘을 나는 빗자루 위에서 마녀는 고개를 갸웃거렸습니다. 유적 여기저기에 구멍이 보였던 것입니다. 척 보기에도 오래전부터 손을 대지 않은 듯한 담장과는 다르게, 최근에 뚫린 것 같은 구멍이 여기저기에. 파 엎고는 틀렸다며 한숨을 쉰 듯한 흔적이 무작

위로.

누군가가 무언가를 찾고 있는 것일까요?

노력해서 파낼 만한 가치를 가진 물건이 있는 것일까요?

"혹 보물이라든가?"

오호 오호 오호?

풍겨오는 돈 냄새를 맡고 하늘을 나는 빗자루를 우뚝 세운 마녀. 그리고서 천천히 담장 위에 내려섰습니다.

몸에 걸친 것은 검은 로브와 삼각 모자. 머리카락은 잿빛, 눈동자는 유리색. 어디를 어떻게 보아도 미소녀인 그녀의 손에는 병이 하나.

꿀꺽꿀꺽 병에 담긴 것을 들이켠 다음, 입꼬리에서 흘러내린 물을 닦는 모습은 마치 보물을 발견하고 "으헤헤" 하고 히죽거리는 악당처럼도 보였습니다.

이처럼 돈 냄새에는 남들 이상으로 민감한 더러운 마녀는 대체 누구일까요?

그렇습니다. 저입니다.

"저기, 실례합니다."

뭐, 돈 냄새에 민감하다고 할까.

평범하게 마침 지금 구멍을 파고 있는 사람을 발견했기 때문에 말을 걸어보았을 뿐이지만 말이죠.

분명 여기저기를 파야만 할 정도로 가치 있는 것이 안에 잠들어 있는 게 아닐까요?

"뭘 하고 계신 건가요?"

돈벌이의 기척을 느끼면서도 높은 곳에서 고개를 갸웃거리는 저. 구멍 안에서 열심히 삽을 움직이고 있던 것은 남성이었습니다. 머리카락은 검은색. 몸은 말랐고, 소매를 통해 보이는 피부는 흰색.

나이는 대략 20대 중반 정도일까요? 적어도 이쪽을 돌아본 그의 생김새는 청년이라 부르기에 걸맞아 보였습니다.

"…………."

그리고 시선과 시선이 마주친 후.

그는 몇 번이고 반복해 눈을 깜빡였습니다.

"저기?"

다시 고개를 갸우뚱하는 저를 무시한 채, 그는 근처에 두었던 가방으로 손을 뻗어 꼼지락꼼지락 안을 뒤적였습니다.

뭘까요?

기다리기를 몇 초.

"이 자식! 도둑이지! 손들어!"

나온 것은 총이었습니다.

"에에에에에에에에에엑?"

갑자기 뭡니까?

"돌아가신 할아버지가 말씀하셨어. 귀여운 여자아이가 갑자기 말을 걸어오면 그건 사기라고."

"훗."

"비웃지 마!"

"그럼 초면에 작업 걸지 말아주세요."

"작업 같은 거 안 걸었어!"
울컥하며 험악한 표정을 만들고 그는 저를 노려보았습니다.
"최근 들어서 도적단이 이 유적에 드나들고 있다는 건 나도 들었다고. 너, 그 동료지?"
오호라, 과연.
제가 도둑인지 아닌지는 제쳐두고.
"역시 유적인가요? 여기."
"응? 무슨 소리야? 보면 알잖아."
"참고로 뭐라고 불리는 유적인가요?"
"? 도둑 주제에 그 질문은 뭐야……?"
수상쩍다는 표정을 지으면서도 그는 말을 이었습니다.
"여기는 칼라도리아 유적. 과거 이 땅을 다스렸던 칼라도리아족이 살았던 도시의 흔적이야."
"오호라."
메모해두기로 하죠.
"그래서요?"
"지금은 보다시피 담장만 남은 쓸쓸한 장소가 되어버렸지만, 이 칼라도리아 유적의 지하에는 그들이 남모르게 사용하던 광장이 있거든. 그 안쪽에 어마어마한 양의 보물이 있다고 여겨지고 있어. 마을 놈들은 아무도 믿지 않지만."
"흠흠."
"그래서 나는 그 일화가 진짜라는 걸 증명하기 위해 밤낮으로 이렇게 계속 구멍을 파고—— 아니, 이 자식 뭘 메모하고 있는 거야!"

"저, 이 주변 나라의 사정에는 둔하거든요. 일단 리서치해둘까 싶어서요."

이 얼마나 근면한가요?

그러나 그에게는 이런 제 모습도 수상쩍게 보였을 테지요.

"이 자식, 나한테서 얻은 정보를 바탕으로 보물을 찾아낼 셈인 거구나!"

"전혀 그럴 셈이 아닌데요."

"정말이지 머리 좋은 녀석이군!"

"당신이 저보다 똑똑하지 않다는 것만큼은 잘 알겠습니다."

"하지만 너 같은 도둑한테 보물을 뺏길까 보냐! 그대로 거기 가만히 있어! 내가 잡아주지!"

총을 단단히 쥐고 구멍에서 기어 나온 그는, 이어서 제가 있는 담장 위까지 기어 올라오려 했습니다.

"안 닿아!"

………….

"훗."

"비웃지 마!"

제법 키가 커 보이는 그라고 해도 담장까지는 닿지 않나 봅니다. 상당히 높기는 하니까요.

저는 그 자리에 웅크려 앉으면서 "그래서? 어떻게 잡을 생각인가요?"라며 내려다보았습니다.

"이 도둑놈, 치사하다! 내려와!"

"그러니까 도둑이 아니라니까요."

몇 번 변명하면 되는 걸까요. 이러한 상황에 기막혀하는 저.

"내려올 생각이 없는 거라면…… 그걸 쓸 수밖에 없겠군!"

한편, 그는 한 호흡을 둔 다음에 총을 집어넣고 자신의 오른손을 움켜쥐었습니다.

끼워져 있는 것은 검은 건틀릿.

그게 대체 뭔가요?

제가 멍하니 바라보는 와중에 그는 주먹을 당기고, 그리고 제가 앉아 있는 담장을 있는 힘껏 때렸습니다.

"으랏차!"

평범한 건틀릿이 아니었나 봅니다.

아마도 마력이 부여된 무기류일 테지요── 희푸르게 반짝인 그의 주먹은 단 일격으로 제가 앉은 담장을 꿰뚫었고, 와르르 무너졌습니다.

"──이런."

무너져 내리는 담장에서 빗자루로 옮겨가는 것이 조금이라도 늦었다면, 찰과상 하나쯤은 입었을지도 모릅니다. 위험했습니다.

빗자루를 타고 둥실 뒤로 물러나는 저.

그러나 그의 폭주는 일격만으로 끝나지 않았습니다.

"돌아가신 할아버지가 말씀하셨어. 도둑을 상대할 때는 가차 없이 하라고. 각오해라!"

일부러 거리를 벌렸건만, 그는 제 쪽을 향해 거리를 좁혀 왔습니다.

도둑인지 뭔지 때문에 상당히 애를 먹고 있는지, 아니면 더위

©Azure

때문에 정상적인 판단력을 잃은 것인지. 어느 쪽이든 저에게 불합리한 적개심을 갖고 있다는 것만큼은 명백할 테지요.

"이야기가 통하지 않는다면 들을 상태로 만들어드릴까요."

저는 지팡이를 손에 들고 그를 내려다보았습니다. 밧줄로 빙글빙글 감아드리는 게 좋을까요? 아니면 물이라도 끼얹는 게 좋을까요?

이런 데서 쓸데없이 마력을 소비하고 싶지 않았는데 말이죠, 하고 탄식하면서 저는 그에게 지팡이를 겨누었습니다.

저와 이름도 모르는 그는, 이리하여 작열하는 사막 한복판에서 서로를 노려보았습니다.

"——노쿠라, 예의 도적단이 또 마을에 나타났대."

그렇게 까칠한 목소리가 저희 사이에 끼어든 것은 바로 그 순간이었습니다.

노쿠라, 라고 불린 그의 등 뒤로 여성이 한 명.

갈색 피부에 금색 쇼트헤어.

나이는 대략 그와 비슷한 20대 중반 정도. 흰색을 기조로 한 얇은 의상 위로 보이는 스타일은 좋았고, 늠름한 눈동자로 그를 바라보는 모습에서는 강인한 분위기가 느껴졌습니다.

팔짱을 끼면서 그녀는 어이없다는 듯이 말했습니다.

"이런 데서 골동품을 찾을 생각 말고, 냉큼 돌아오는 게 어때? 또 놈들 동료로 오해받고 싶은 거야?"

그 모습은 마치 말 안 듣는 아이를 혼내는 엄마.

두 사람이 어떤 관계인지는 잘 모르겠지만, 친한 사이인 것일 테지요—— 적어도 직전까지 터무니없는 오해 끝에 폭주했던 그는 그녀의 말을 듣자마자 움직임을 딱 멈추었고.

그리고 제게 물었습니다.

"……너 누구야?"

조금 거북한 표정으로 물었습니다.

그러고 보니 아직 자기소개를 하지 않았군요.

저는 단순하게 답했습니다.

"여행자입니다."

○

"미, 미안해! 여행자님—— 그러니까, 일레이나 씨! 파편 같은 거에 맞진 않았어? 다친 덴 없어?"

허둥지둥하는 그녀의 이름을 키리카.

가볍게 자기소개를 하고 오해를 푼 순간 그녀는 제 손을 잡고, 옷에 묻은 먼지를 털고, 상처와 더러워진 데는 없는지를 찬찬히 확인했습니다.

"아뇨, 저기, 그렇게까지 걱정할 정도의 일은 아닌데요……."

직전에 멈춰주었으니까요.

"안 돼. 어린데 몸에 상처가 생기기라도 하면 큰일이잖아."

"그, 그런가요……."

키리카 씨의 등 뒤로는 배를 끌어안고 몸을 웅크린 노쿠라 씨의 모습이 있었습니다.

그만 평범한 여행자인 저를 도둑 취급하고 만 데다가, 역사적인 건조물을 파괴한 것에 대한 제재로 키리카 씨에게 복부를 한 대 맞은 결과였습니다. 아무래도 두 사람은 소꿉친구 관계인가 봅니다.

그녀는 조금 질린다는 표정을 하고 가르쳐주었습니다.

"미안해. 늘 이상한 짓 못 하게 감시하고 있었는데…… 저 자식 바보라서 아무리 해도 제어할 수가 없어."

"아뇨 아뇨."

고개를 젓는 저.

전투로 이어지기 전에 멈춰준 것만으로도 감사해야 할 테지요. 저로서도 그저 기운이 남아돌 뿐인 분에게 위해를 가하는 결과가 되지 않아서 안심하고 있는 참입니다.

"그나저나 여행자라는 건, 혹시 지금부터 우리나라에 갈 셈인 거야?"

우리나라.

"어디 말인가요?"

"'모래의 보르덴'."

말하면서 그녀가 가리킨 것은 마침 제가 빗자루로 나아가던 방향.

"이 주위에서 제일 크다……고 할까, 유일한 나라야. 여행자라면 오늘 밤은 우리나라에서 묵을 예정이었던 거 아냐?"

바로 그 말씀대로입니다.

"네" 하고 제가 고개를 끄덕이자, 그녀는 "역시나!" 하고 손뼉을 쳤습니다.

"그럼 모처럼이니까 나라까지 데려다줄까?"

"네? 그래도 될까요?"

마력을 낭비할 필요가 없어지니 저로서는 감사한 일입니다만.

"물론! 실례를 했으면 정당한 대가를 치러야 하는 법인걸."

말하면서 그녀는 힐끗 등 뒤를 돌아보았습니다.

"게다가, 저 바보도 데려갈 예정이었으니까."

아주 살짝 표정을 풀면서, 말했습니다.

"납득할 수 없어."

저희 세 사람을 짐수레에 실은 낙타가 '모래의 보르덴'까지 느긋하게 걸어가는 중에 노쿠라 씨는 팔짱을 끼고서 으으음 하며 저를 노려보았습니다.

납득할 수 없다고 말씀하신들.

"뭐가 말인가요?"

"확실히 갑자기 때리려고 든 건 잘못이지만, 당신도 상당히 수상쩍다고. 이 근방에서 마법사 같은 건 아직 본 적 없으니까. 나도 경계 정도는 하는 게 당연하지."

"그런가요?"

옆에 앉은 키리카 씨에게 묻는 저.

그녀는 고개를 끄덕였습니다.

"응. 오래전부터 우리나라에는 마법사가 살고 있지 않거든. ……예전에 여행하는 마법사님한테 들었는데, 사막에선 마법, 잘 쓸 수 없게 되잖아?"

"…………."

저는 고개를 끄덕이는 대신에 꿀꺽꿀꺽하고 물을 마셨습니다.

마법사들이 다루는 힘의 원천인 마력은 주로 나무와 풀꽃에서 흘러나오는 것. 그런고로 마력이 가득한 숲속에서 마법사는 강한 힘을 발휘하기 쉽고, 바꿔 말하면 나무도 풀도 변변하게 자라지 않는 사막에서는 힘을 발휘하기 어려운 데다가, 방심하면 바로 마력이 고갈되어버립니다.

"그래서 이걸로 마력을 정기적으로 보충하고 있습니다."

내용물이 조금 줄어든 병을 흔들면서 저는 말했습니다.

마력이 담긴 물── 딱히 이름은 없습니다만, 마력수라고 해둘까요? 사막에 들어오기 전에 준비해두었던 것입니다.

"저도 여행자 나부랭이인 만큼, 일단 사막이 어떤 곳인지는 이해하고서 여행하고 있습니다."

참고로 예비도 잔뜩 있어요 하고 저는 가방 안을 두 사람에게 보여드렸습니다. 마력수가 가득 담긴 병이 대여섯 병.

이만큼 있으면 충분할 테지요.

정처 없이 여행하는 중에 사막을 건너야 할 순간이 닥쳤을 때는 이렇게 준비를 하고 있습니다.

어떻습니까? 하고 가슴을 펴는 저.

그러나 이상하게도 두 사람은 서로를 바라보았습니다.

"이 모습을 보아하니 우리나라가 어떤 곳인지까지는 몰랐나 보네."

쓴웃음을 지은 것은 키리카 씨.

옆에서 노쿠라 씨는 "확실히 대단하긴 한데" 하고 한숨을 쉬면서 말했습니다.

"나라에 도착하면 그 병은 잘 넣어두는 편이 좋을 거다."

"어째서죠?"

고개를 갸웃거리는 저.

그는 낙타가 나아가는 곳으로 시선을 돌렸습니다.

"도착하면 알 거야."

'모래의 보르덴'은 이미 눈앞까지 다가와 있었습니다.

나라의 문을 통과한 곳에 있던 것은 모래색 벽돌로 가득한 거리였습니다.

아름다운 경관을 위해 색을 통일했다기보다는, 단순히 생활 양식에 맞는 건물의 형태가 같은 색과 형태를 이룬 것일 테지요. 네모난 건물은 난잡하게 배치되어 있었고, 뒤얽힌 길 위를 낙타는 나아갔습니다.

"자! 그럼 일레이나 씨, 맞은편 좌측을 봐주세요."

짐수레 안에 멍하니 앉아 있는 저. 관광객 같은 기분이 들었습니다.

키리카 씨는 과장되게 손을 펼치면서 가이드처럼 마을을 소개해주었습니다.

"저기 보이는 게 우리나라에서 유명한 레스토랑! 언제나 사람들이 줄 서 있어."

"그렇군요."

저는 이어서 본 그대로의 감상을 늘어놓았습니다.

"텅 비어 있네요."

"지금은 마침 시간대가 안 좋아서……."

지금 점심시간인데요? 라는 의문을 남겨둔 채 그녀는 이어서 "그럼 오른쪽을 주목!" 하고 짐수레 안에서 빙글 하고 이동.

"저쪽에 보이는 게 우리나라에서도 제법 큼직한 상점! 일용 잡화부터 과일, 채소까지 온갖 물건을 갖추고 있어서 모두 저기서 장을 봐."

"과연."

하고 고개를 끄덕이면서도 저는 시선 끝에 있는 광경에 조금 위화감을 느꼈습니다.

"……물건 매매도 맡고 있는 건가요?"

가게로 들어가는 사람들의 대부분은 등에 커다란 바구니를 짊어지고 있었습니다. 그것뿐이라면 아무것도 이상할 것 없겠지만.

"다들 짐을 잔뜩 가지고 가게로 들어가고 있는 것 같은데요."

입점 전부터 이미 바구니 안이 가득한 상태인 분이 다수 보였던 것입니다. 이 가게 저 가게 순례를 하고 있는 걸까요? 아니면 물건을 팔러 온 걸까요?

제 머릿속에 떠오른 의문에 고개를 저은 것은 노쿠라 씨였습니다.

"우리나라의 기본 원칙은 물물교환이야. 그래서 모두 상점에 모여서, 다른 물건을 사들이는 거지."

"그런 겁니까……."

예상이 크게 빗나갔군요.

"참고로 교환하는 물건 중에서도 물은 특히 귀하게 여겨져. 정부에서 관리하는 덕분에 매월 정해진 양이 개인에게 보급되니까."

대단한 양은 아니지만 말이야, 하고 어깨를 으쓱이는 노쿠라 씨.

이 나라에서 물건── 특히 물에는 돈과 비슷한 가치가 부여된다는 뜻일까요. 그렇다면 병을 내보이고 다니는 것은 돈을 매달고 다니는 것이나 마찬가지.

입국 전에 병을 잘 넣어두라는 충고를 받았던 것도 납득이 갑니다.

그나저나.

"이 나라에서는 화폐나 지폐는 보급되어 있지 않은 건가요?"

"일단, 물 교환권이 돈처럼 쓰이기도 해."

제게 고개를 저으면서 키리카 씨는 말했습니다.

"그렇다고 해도 교환권으로 구할 수 있는 물의 양은 상당히 많은 편이라, 보석과 귀금속 같은 고가의 물건과 교환되는 일이 많지."

"과연……."

즉, 교환권을 가지고 있을 만큼 여유가 있는 사람은 짐 없이 가볍게 다니고, 일반적인 주민은 무거운 짐을 짊어지고 물건을 사야만 한다는 뜻입니까?

어느 나라에서나 볼 수 있을 법한 격차.

그것을 토대로 저는 상점을 가리키며 물었습니다.

"조금 전부터 가게 앞에서 바구니에 과일을 잔뜩 담고 있는 사람이 있는데, 저분은 교환권과 교환할 셈, 인 걸까요?"

"아마도 그렇겠지."

응응 하고 고개를 끄덕이는 키리카 씨.

직후에 남성은 달려 도망쳤습니다. 가게에서 뛰어나온 주인분이 그 뒤를 쫓았습니다.

"도둑이었네."

"그런가 보네요."

혹시 이 나라는 치안이 좀 나쁜 건가요?

미간을 찌푸리며 눈을 가늘게 뜨는 저.

그녀는 아주 잠시 겸연쩍어하더니 "참고로 저런 녀석을 단속하는 게 저기 저 사람들이야" 하고 가리켰습니다.

길 끝.

거기에는 한층 커다란 건물이 우뚝 솟아 있었습니다.

"저건 나라의 중앙 정청. 주로 범죄 단속과 물 같은 자원 관리, 외교에 이르기까지 모든 걸 관리하는 관청이지."

최근에는 이 주변에 도적단이 출몰하는 탓에 조금 바쁜가 봐, 하고 어깨를 으쓱였습니다. 두 사람의 반응으로 보건대 도적단은 아직 잡지도 못했나 봅니다.

"너도 정부에 미운털 박히기 싫으면 한동안 얌전히 좀 있어."

허리에 손을 올리면서 노쿠라 씨를 노려보는 키리카 씨.

그는 불만스러운 듯 고개를 홱 돌렸습니다.

"정부를 무서워해서는 탐험가 같은 거 못 한다고. 네가 아무리 말려도 나는 앞으로도 유적 탐색을 계속할 거야."

"고집쟁이."

"내버려둬."

"그래서, 또 도적단 동료 취급을 받고 싶은 거야?"

"…………."

또, 라고 하는 것을 보니 전에도 그런 일이 있었던 것일까요?

두 사람의 반응을 살피면서 고개를 갸웃거리는 저. 잠시 후 키리카 씨는 간단히 설명해주었습니다.

말하길, 지금으로부터 2, 3개월 정도 전의 일.

몸에 걸친 옷은 전부 검정. 후드를 깊게 눌러써서 얼굴도 보이지 않는다. 그런 수상쩍은 차림을 한 무리가 마을에 나타났다고 합니다.

그들은 마을 부유층의 집들을 차례차례 습격해 대량의 물을 훔치고 다녔습니다. 물이 고가로 거래되는 이 나라의 독자적인 가치관을 잘 이해하고 벌인 범행. 혹 이 나라의 빈곤층이 집단을 만들고 도적단이 되어 활동하고 있는 것은 아닐까, 정부는 그리 보고 있다고 합니다.

"그 도적단의 아지트로 쓰이는 게 칼라도리아 유적이란 거야."

어이없다는 투로 이야기하는 키리카 씨. 도적단이 유적 쪽으로 사라져가는 모습을 마을 주민들이 몇 번이고 목격했습니다.

"아무도 관심을 두지 않는 쇠퇴한 유적은 몸을 숨기기에 딱이니까."

"그렇군요."

대략적인 이야기가 보이기 시작했습니다.

"그래서, 유적 발굴을 하던 노쿠라 씨가 도둑과 한패라는 오해를 받은 건가요?"

"그런 거지."

한숨을 내쉬는 키리카 씨.

"그래서 전부터 내가 그만두라고 말했거든. 이 녀석 몇 번이나 잡힐 뻔했다니까."

그래도 그만둘 마음은 없나 봅니다.

"납득이 안 된다고."

오히려 어떤 오기 같은 게 생겼는지도 모릅니다.

그는 팔짱을 낀 채로 분개했습니다.

"애초에, 이상한 얘기라고 생각하지 않아? 어째서 나중에 나타난 이상한 놈들 때문에 유적 발굴을 그만둬야만 하는 거냐고."

"저한테 말씀하신들……."

동의를 구하지 말아주십시오.

"오히려 도적단이라는 건 표면적인 얼굴일 뿐이고, 진짜 노리는 건 나와 마찬가지로 칼라도리아 유적 지하에 펼쳐진 제단인 게 아닐까 싶을 정도야."

"그러니까 그런 거 없다고. 너 바보야?"

"있어!"

"근거는?"

"돌아가신 할아버지가 말씀하셨어."

"네네. 늘 하는 말이지."

"대충 흘려 넘기지 마!"

"있으면 좋겠네. 보물."

"……만약 내가 보물을 찾아도 너한테는 안 나눠줄 줄 알아!"

"허황된 미래의 이야기를 하면 허무해지지 않아?"

"크읏, 짜증 나는 자식……!"

크으으 하고 화내는 노쿠라 씨.

한편 키리카 씨도 뺨을 뾰로통하게 부풀리면서 고개를 홱 돌렸습니다.

마치 친한 친구끼리 철없이 장난치는 모습을 보고 있는 듯한 기분이었습니다.

욱하는 것도 이해는 합니다만, 일단 손님 비슷한 것이 같은 짐수레에 타고 있다는 건 잊지 말아주셨으면 좋겠습니다.

"마을 안내는 이쯤에서 끝입니까?"

어흠, 하고 헛기침을 하면서 말하는 저.

키리카 씨의 뺨이 순식간에 원래대로 돌아왔습니다.

"아, 미안 미안! 깜빡했어."

"네네."

괜찮습니다, 하고 쓴웃음 짓는 저.

그리고서 키리카 씨는 처음과 마찬가지로 과장된 몸짓을 섞어가며 이야기했습니다.

"맞은편 우측을 봐주세요!"

키리카 씨가 가리킨 것은 허름한 가게.

"여긴 감정소. 보석과 귀금속의 가치를 판정해서 물 교환권과 바꿔주는 가게야. 주로 부유층 상대로 장사하는데, 그럭저럭 돈벌이가 돼."

낙타가 멈춰 선 것은 바로 그때.

짐수레에서 기세 좋게 뛰어내린 키리카 씨는 말했습니다.

"그리고 내 가게이기도 해."

감정소 키리카.

그것이 그녀가 운영하는 가게의 이름이라고 합니다.

○

가게 주인인 그녀가 자칭한 대로 감정소 키리카는 그럭저럭 번창한 가게인 모양이었습니다.

그녀가 가게로 돌아오자마자 가게 앞에서 기다리고 있던 손님 여러 명이 가게 안으로 몰려들어 와 그녀에게 감정을 의뢰했습니다.

"여어, 기다렸어. 키리카." "내 보석, 교환권이랑 바꿔줘!" "이번엔 특별한 보석을 가져왔는데, 어떤가?"

고객은 하나같이 척 보기에도 부자. 질 좋은 옷을 입고 있었고, 대부분이 장년층.

체격 좋은 사용인 여럿을 거느리고서 위압하듯이 키리카 씨가 앉은 카운터를 둘러쌌습니다.

"네네. 순서대로 봐줄 테니까 기다려요."

그녀에게는 익숙한 일인가 봅니다.

성가시다는 듯이 손을 저어 사용인들을 물린 다음, 카운터에 놓인 보석류와 귀금속을 하나씩 찬찬히 관찰합니다.

"응? 이건 뭐야? 가짜잖아. 이런 거 안 사."

자, 다음.

"이거라면 전에도 매입했으니까 교환권 한 장이야. 어쩔래? 교환할래? 뭐? 적어? 그럼 매입 안 해."

자, 다음.

부자를 차례차례 손으로 간단히 쫓아버리는 키리카 씨.

세 번째 사람은 고객 중에서도 비교적 젊어 보이는 갈색 머리카락의 남성이었습니다. 겉보기엔 30대 중반 정도. "잘 부탁해" 하고 쑥스러워하며 작고 하얀 보석을 꺼냈습니다.

"희귀한 걸 갖고 왔네. 라이젤 씨."

조심스럽게 들어보는 키리카 씨.

이름을 아는 걸 보니 단골인가 봅니다. 그는 천천히 고개를 끄덕이더니.

"우리 집에 있는 비장의 보석이야"라고 말했습니다.

"그래. ……뭐, 이거라면 교환권 다섯 장 정도려나."

거침없이 보석의 가격을 정하는 키리카 씨. 라이젤 씨라고 불린 남성은 노골적으로 얼굴을 찌푸렸습니다.

"이런 이런. 전보다 교환권이 적은 거 같은데? 키리카."

"물가가 올라서 어디나 다 힘들어. 불평하지 마. 그래서, 어쩔래?"

"으으음…… 조금 더 어떻게 안 될까?"

"무리야. 자, 다음——."

"아, 알았어, 알았다고! 교환권 다섯 장으로 하자고!"

우격다짐의 협상 기술로 키리카 씨는 차례차례 고객을 처리해 나갔습니다. 어떠한 고객이든 평등하게 취급한다고 하는 신념이 있는 것일 테지요.

"대단하네요."

일하는 그녀를 가게 밖에서 바라보면서 저는 흠흠 하며 고개를 끄덕였습니다. 저처럼 처음 방문하는 여행자의 입장에서는 저런 상인분이라면 신뢰할 수 있을 것 같습니다.

"저 녀석은 옛날부터 저런 식이었어."

가게 앞에서 짐수레에 실린 짐을 내리는 노쿠라 씨. 익숙한 손놀림으로 하나하나 가게 안으로 운반했습니다.

"저 녀석한테는 물건의 가치가 최우선이야. 소유자가 누구인지는 문제가 아닌 거지."

"그렇습니까."

역시 오랜 친구. 잘 아시는군요.

그보다.

"당신, 이 가게 종업원이었군요."

"시끄러워!"

왠지 물 흐르듯 자연스럽게 당연하다는 듯이 일을 하고 계십니다만?

"어, 어찌어찌하다 보니 이렇게 된 거라고."

"뭘 어찌어찌한 겁니까?"

물어보는 저.

그는 "우으……" 하고 잠시 말이 되지 못한 말로 신음하더니,

어깨를 축 늘어뜨렸습니다.

"……원래, 저 녀석과는 질긴 인연이야. 나는 그냥 탐험가만 해서 먹고살 셈이었는데, 가게를 도와달라면서 내 말을 듣지를 않잖아. 그래서 부업으로 이 가게에서 일하는 거지."

"호오."

요컨대 어찌어찌하다 보니라는 건 그저 쑥스러움을 감추려는 말인 거로군요.

"참고로 수입은 어느 정도입니까?"

"어느 쪽?"

"탐험가 쪽입니다만."

"제로인데."

"과아여언……."

부업이라는 말의 개념을 날려버렸군요.

"그러는 당신이야말로 어떤데?"

"당신이 아니라 일레이나입니다."

"……일레이나는 어떤데?"

묻는 그의 시선은 제 손으로 쏟아지고 있었습니다.

"아까부터 나랑 같이 일하고 있는 것 같은데."

이런, 이게 어떻게 된 걸까요.

제 손에는 가벼운 짐이 하나. 어느 틈엔가 노쿠라 씨와 같은 일을 하고 있었던 것입니다.

"어머나, 이상해라."

쓴웃음을 지으면서 어깨를 으쓱이는 저. 시선 끝에는 여전히 가게 안에서 일을 하고 있는 키리카 씨의 모습이.

사실, 저는 그녀와 몰래 약속을 하나 나누었던 것입니다.

그것은 저희가 이 가게에 도착한 직후의 일.

"——저기, 있지, 잠깐만. 일레이나 씨."

키리카 씨는 제 로브를 잡으면서 몰래 제게 말을 걸어왔습니다.

"저기, 지금부터 뭔가 예정 같은 거 있어?"

예정 말인가요?

"딱히 없습니다만."

여행자는 그다지 일정이 꽉 차 있지 않은 것이 장점이고, '모래의 보르덴'에 도착해서는 혼자 느긋하게 관광이라도 하려고 생각하던 참입니다만.

"그, 그렇구나……."

눈앞의 키리카 씨는 조금 기묘한 기색을 보였습니다.

노쿠라 씨와 대화를 나누던 때만큼 강인해 보이지 않았고, 오히려 조금 부끄러운 듯 볼을 붉게 물들이고 있었습니다.

뭔가요?

말을 기다리는 제게 그녀는 몰래 말했습니다.

"저기…… 혹시 한가하면, 우리 가게에서 잠깐 일해주지 않을래?"

"일손이 부족한 겁니까?"

"부족하다고 할까……."

말을 흐리는 그녀의 시선은 노쿠라 씨를 향해 있었습니다.

"나 대신에 저 녀석을 감시해주지 않을래? 오늘 봐서 알잖아? 저 녀석 바보 멍청이야."

평소에는 가게에 있어야만 해서 노쿠라 씨의 동향을 지켜볼 수가 없다고 그녀는 말했습니다.

"또 여행자를 공격하거나 하면 큰일이고…… 또 도적단과 한패라고 오해받거나 하면 더 큰일이고……. 저 녀석이 폭주하지 않도록 번뜩이는 눈으로 지켜봐 줬으면 좋겠어."

그러니까 본인 대신에 저를 옆에 두고 싶다는 말인가 봅니다.

급료도 주고, 일해주면 숙소 대신에 우리 집에서 묵어도 괜찮으니까, 라며 그녀는 계속해서 조건을 추가했습니다.

과연, 그렇군요.

저는 고개를 끄덕였습니다.

"그가 걱정되는 거로군요."

"! 그런 거 아니거든!"

새빨개진 얼굴로 부정하는 키리카 씨. 말보다도 얼굴색이 그녀의 마음을 시끄럽게 이야기해주는 것처럼 보였습니다.

그러한 흐름을 거쳐 저는 결국 그녀의 부탁을 받아들이기로 했습니다.

여기까지 데리고 와준 것도 감사하고, 무엇보다 부자분들과 연줄도 있는 것 같으니 사이좋게 지내서 손해 볼 일은 없을 테지요.

그래서 저는 노쿠라 씨에게 이야기했습니다.

"뭐, 어찌어찌하다 보니?"

그는 쓴웃음을 지으며 답했습니다.
"당신도 어지간히 대충대충이네."
"일레이나입니다."

○

그리고서 저는 칼라도리아 유적과 '모래의 보르덴'을 매일같이 왕복하는 나날을 보내게 되었습니다.
"그럼, 가자고! 일레이나."
"네네."
아침부터 기운 넘치는 노쿠라 씨를 빗자루에 매단 수레에 태워 나르고.
"으랏차!"
"와, 대단하다."
그리고 현장에서 발굴하는 노쿠라 씨를 멍하니 지켜보거나, 혹은 살짝 도와주거나.
"오늘도 물이 맛있네요……."
혹은 뜨거운 햇살을 바라보며 마력수를 마시거나. 땅바닥에 그림을 그리거나, 시간이 남아돌아 주체하지를 못하거나, 주변을 산책하거나.
"정말이지 바쁘네요……."
"놀기만 하잖아!"
구멍 아래에서 노쿠라 씨가 소리를 질렀습니다.

들여다보는 저.

"진척은 되고 있나요?"

"나쁘지 않아. 누가 도와주면 더 좋겠지만!"

그렇게 말씀하신들.

유적 발굴을 돕는 것까지는 지시받지 않았는걸요.

"애초에 사막에서는 마력을 온존하지 않으면 안 되기 때문에 도울 수 있는 것도 없습니다."

적어도 돌아갈 때 쓸 마력은 남겨두고 싶습니다.

"걸어서 돌아가는 꼴이 되어도 괜찮다고 하신다면 돕겠습니다만."

"크으읏……."

삽으로 구멍을 파면서 신음하는 노쿠라 씨.

"애초에 인력으로 착실하게 구멍을 팔 필요가 있는 겁니까? 지난번엔 건틀릿으로 담장을 부쉈잖아요?"

그런 걸로 있는 힘껏 지면에 충격파를 가한다든가—— 그런 건 못 하는 겁니까?

"무리 무리."

고개를 저으면서 그는 여전히 오른손에 장착하고 있는 건틀릿을 바라보았습니다.

"이건 아주 오래전에 할아버지가 쓰던 무기거든. 한 번 쓰면 사흘은 못 쓰게 돼."

그리고 날릴 수 있는 것은 단 한 발. 효율이 그다지 좋지 않은 무구인가 봅니다. 그러나, 그러니까 바꿔 말하자면 어제는 담장을 무너뜨린 시점에서 더는 사용할 수 없었다는 거로군요.

"당신, 맨손으로 저랑 싸우려고 했던 겁니까?"

마법사 상대로. 하늘을 나는데. 사막에서, 맨손으로.

"…………."

아마도 어제는 냉정을 잃었던 것일 테지요. 그는 거북한 듯 시선을 피했습니다.

"돌아가신 할아버지가 말씀하셨어. 남자는 때때로 무모해져야만 할 때가 있다고……."

유적에서 구멍 파기는 매일 늦게까지 계속됩니다.

한가한 시간에 저는 유적 안을 어슬렁어슬렁 돌아다니거나 했습니다만, 일전에도 보았던 대로 도중까지 판 구멍이 다수 남아 있었습니다.

몇 번이고 시도하고 실패해온 것일까요.

그가 목표로 하는 것은 지하 유적. 저 더욱 깊은 곳에 잠들어 있는 어마어마한 양의 보물.

현시점에서는 지하 유적에 다다르지조차 못하고 있습니다. 그러나 그의 표정에 그늘은 지지 않았습니다. 구멍에서 기어 올라온 그는 밝은 표정으로 제게 말했습니다.

"성과는 나오지 않았지만 옛날 유물을 파냈어."

이것 봐, 하고 제 손에 올려둔 것은 오래된 장식품. 아마도 칼라도리아족이 썼던 물건이리라고 추측하는 노쿠라 씨. 그러한 신기한 물건은 기본적으로 키리카 씨의 가게로 가져갑니다.

"과연."

파낸 장식품을 카운터에 내려놓자 그녀는 방긋 영업 스마일을 지었습니다.

감정은 순식간에 끝났습니다.

"일레이나 씨, 기억해둬. 우리 가게 평가 기준은 최상, 상, 하, 세 단계야."

"그래서, 내가 찾아온 이건?"

그녀는 즉답했습니다.

"하 중에서도 하!"

"세 단계라고 했으면서……."

기본적으로 두 사람이 얼굴을 마주하면 잘 이해되지 않는 말다툼이 발발하는 것이 일상인가 봅니다.

예를 들어 거리를 걸으면서 그날 저녁 식사를 정할 때.

"있잖아, 오늘은 뭘 먹을까?"

"나는 면 종류."

"참고로 나는 고기 기분인데."

"…………."

"…………."

그리고서 두 사람은 얼굴을 맞대고 "면!" "고기!" "면이라고!" "고기야!" 하고 주변에 있는 길고양이끼리 싸우는 것 같은 짓을 반복했습니다.

그렇다면 각자 따로 먹으면 되는 거 아닙니까――.

저는 두 사람을 바라보며 그리 생각했지만 분위기를 읽고 절충안을 제안했습니다.

"그럼 중간을 택해서 양쪽 다 먹는 건 어떤가요?"

"중간을 어떻게 택하면 그렇게 되는 건데?" "미안하지만 제일 별로야."

…………

대체 뭡니까……?

그리고 예를 들면 이런 일도 있었습니다.

"잠깐, 노쿠라! 너 또 쓸데없이 낭비했지?"

어느 날 오후, 가게로 돌아온 노쿠라 씨에게 키리카 씨는 뺨을 부풀리면서 다그쳤습니다.

"그 옷, 전엔 없었던 거잖아. 언제 산 거야? 뭐랑 교환한 거야?"

변변한 수입도 없으니까 절약하라고, 그녀는 야단쳤습니다. 엄마처럼.

"시끄러워. 내가 뭘 사든 내버려둬."

한편 거북해하면서 외면하는 노쿠라 씨는 한창 반항기인 소년 그 자체.

"고용주한테 말대답하지 마!"

"급료를 어디에 쓰든 내 마음이잖아."

"너 지난번에도 그렇게 말하면서 쓸데없는 도구를 샀었잖아."

"크읏……!"

"정말이지 계획성이라곤 하나도 없다니까. 애초에 너는 내가 만날 말하는데 왜——."

이후, 키리카 씨에 의한 설교는 그로부터 대략 30분 정도 이어졌습니다.

그럼에도 신기한 것이 여자 마음.

그녀는 결코 노쿠라 씨를 싫어하는 것도, 성가시게 여기는 것도 아니었습니다.

"저기, 일레이나 씨. 오늘은 유적에서 어떤 일이 있었어? 가르쳐줘."

밤.

침대에 걸터앉으면서 키리카 씨는 제게 물었습니다.

첫날 약속했던 대로 집을 숙소 대신으로 빌려주고 있는 그녀는, 자신의 집 안── 아니, 저와 단둘이 있는 공간에서는 조금 마음이 풀어지나 봅니다.

기대 가득한 표정, 노쿠라 씨 앞에서는 잘 보여주지 않는 표정으로 이쪽을 바라보고 있습니다.

그럼 외람되지만 가르쳐드리지요.

"그러네요── 오늘은 기본적으로 평소와 같은 하루였어요. 뜨거운 햇살을 바라보며 마력수를 마시거나. 땅바닥에 그림을 그리거나, 시간이 남아돌아 주체하지를 못하거나, 주변을 산책하거나──."

"아니 일레이나 씨에 관한 걸 물어본 게 아니야."

"…………."

침묵하는 저.

노쿠라의 상태를 가르쳐줘, 하고 그녀는 다시 말했습니다. 뭐, 원래 그의 감시 역할로 파견된 거니까요── 저는 간단명료하게 종일 보고 온 노쿠라 씨의 모습을 그녀에게 전해드렸습니다.

그것은 바꿔 말하자면 오늘도 성과는 없었다는 뜻.
“그렇구나…… 오늘도 틀렸구나.”
방관자인 저 대신 그녀는 어깨를 축 늘어뜨렸습니다.
“그의 발굴에 반대하고 있는 게 아니군요.”
저희가 처음 만난 날, 그의 발굴을 놀렸던 것 같습니다만.
제 지적에 그녀의 눈꼬리가 처졌습니다.
“……노쿠라네랑은 옛날부터 알고 지냈어. 우리 할아버지도 있지, 예전엔 노쿠라네 할아버지랑 둘이서 모험가 콤비를 이루고 있었거든.”
두 사람의 모습에서 어린 시절부터 사귀어왔다는 것은 느껴졌습니다만.
그냥 아는 사이 정도인 것이 아니었나 봅니다―― 키리카 씨는 노년 남성 둘이 어깨동무하며 웃고 있는 사진을 제게 보여주었습니다.
한 사람은 검은 머리의 탐험가. 노쿠라 씨의 할아버지.
그리고 또 한 사람은 갈색 피부와 금색 머리카락의 감정사. 키리카 씨의 할아버지라고 합니다.
“두 사람은 꽤 유명한 콤비였는데, 이곳저곳의 유적을 조사하고 여러 보물을 발굴해 왔대. 그런 두 사람의 모습은 어린 시절의 내게는 동경의 대상이었지. 물론, 노쿠라에게도.”
그리고 지금, 노쿠라 씨는 탐험가가 되는 길을 선택했다――라는 이야기일 터입니다만.
“키리카 씨는 탐험가가 되는 길을 고르지 않은 거군요.”

"…………."

고개를 숙이고 사진을 바라보면서 그녀는 말했습니다.

"우리 할아버지랑 노쿠라네 할아버지가 마지막으로 갔던 곳이 칼라도리아 유적이었어. 칼라도리아족이 남긴 유산이 분명 감춰져 있을 거라면서 전부터 동료들 사이에서도 자주 화제가 되었기 때문에 '모래의 보르덴' 사람들도 기대하며 두 사람이 돌아오기를 기다렸지."

"그래서, 찾았나요?"

그러나 그녀는 고개를 저었습니다.

"아니, 아무것도."

무엇 하나도.

보석류도, 귀금속도.

보물이라 부를 만한 것을── 가치가 있는 것을 두 사람은 하나도 가져오지 않았다고 합니다.

"마을의 동료들은 낙담했어. 두 사람이 찾을 수 없는 거라면, 분명 칼라도리아 유적 안은 정말로 텅 비어 있는 거라고 생각했지."

그리고 시간은 흘러, 칼라도리아 유적의 존재와 함께 두 사람의 여러 공적도 역시 잊히고 말았을 테지요.

이제 유적에 고집을 갖는 것은 노쿠라 씨뿐.

이윽고 키리카 씨는 부드러운 말투로 말했습니다.

"나도 있지, 어린 시절의 꿈을 이루며 살 수 있다면, 그건 멋진 일이라고 생각해. 하지만 현실은 이상과 정반대야. 메마른 사막은 물을 계속해 낭비하고, 우리는 오늘 살아가는 것만으로도 벅차.

그런 나라에서 꿈을 좇는 건 간단한 일이 아냐."

"…………."

"누구에게도 관심을 받지 못한 채 묻혀버리지 않았으면 좋겠어. 나는 노쿠라가 그렇게 살지 않았으면 좋겠어."

솔직하게 말해 키리카 씨도 그의 활동을 무조건 응원하고 싶을 테지요. 그녀의 표정은 애타는 마음으로 넘쳐나고 있었습니다.

마치 솔직한 마음을 털어놓지 못하는, 애처로운 소녀 같았습니다.

"그를 좋아하는군요."

저는 쓴웃음을 지었습니다.

"! 뭐, 뭐어? 어째서 그렇게 되는 건데? 얘기 제대로 들은 거야?"

네, 물론이죠.

"노쿠라 씨에 대한 애정이 가득했죠."

"어째서 그렇게 되는 거냐고!"

정말이지, 하고 뺨을 붉게 물들이면서 눈을 치켜뜨는 키리카 씨. 강하게 부정하면 할수록 본심이 새어 나오는 것처럼 보이지 않는 것도 아니었습니다.

"…………."

짓궂은 마음이 살짝 꿈틀대는군요.

"그나저나, 목이 마르거나 하지 않나요?"

"? 응, 뭐…… 조금."

갑작스러운 저의 말에 의아한 표정을 지으면서도 그녀는 고개를 끄덕였습니다. 뭐, 사막 지대이니 자기 전에도 목은 마르기 마련일 테지요.

"그런가요."

저는 웃으면서 고개를 끄덕이고 물을 한 잔 준비해주었습니다.

"자, 여기요."

"이상한 게 들어 있는 건 아니겠지……?"

"마법사를 뭐라고 생각하는 겁니까?"

"그다지 만나본 적이 없어서 잘 몰라."

그러고 보니 이 나라에는 마법사가 없다고 했었죠—— 마력이 제대로 공급되지 않는 환경이니 당연하다고 하면 당연한 일입니다만.

저는 어깨를 으쓱였습니다.

"이상한 건 안 넣었으니까 걱정할 것 없습니다. 안심해주세요."

"그래……?"

이윽고 의심스러워하면서도 천천히 물을 들이켜는 키리카 씨. 저는 잔이 빈 것을 확인한 후 다시 물었습니다.

"그를 좋아하나요?"

그녀는 "또 그 질문이야?" 하고 어이없어하면서 고개를 저었고.

그리고서 담백하게 말했습니다.

"좋아해."

아마도 말한 본인이 제일 놀랐을 겁니다.

"……! 으엥? 나, 나 지금, 뭐라고……?"

얼굴은 금세 새빨갛게 물들었고, 입은 아무 말도 뱉지 못한 채 뻐끔뻐끔 열렸다 닫혔다를 반복했습니다.

갑작스러운 상황에 머릿속이 새하얘지셨나 봅니다.
저는 가르쳐드렸습니다.
"사실 그건 진심을 말하게 하는 물이었습니다."
자백제로 사용되는 물건입니다. 전에 방문했던 나라에서 발견하고, 조금 사두었던 겁니다.
그녀는 당연하게도 화냈습니다.
"아무것도 안 넣었다고 말했으면서!"
"원래부터 그런 효과를 가진 물인지라 아무것도 안 넣은 것은 사실입니다."
"이상한 변명은 그만둬!"
정말이지! 하고 제 어깨를 퍽퍽 때리는 키리카 씨.
저와 그녀, 둘이서 보내는 밤은 언제나 그렇게 깊어져 갔습니다.

서로 솔직하지 못할 뿐, 분명 노쿠라 씨도 그녀에게 특별한 감정을 갖고 있을 겁니다.
낮 동안 함께 행동할 뿐인 제가 보기에도 그가 속에 감추고 있는 마음은 훤히 보였습니다.
"키리카. 조금만 더 비싼 값에 사주면 안 될까?"
"안 돼 안 돼. 매입액은 올려주지 않을 거야."
예를 들면 저희가 일하고 있는 바로 옆에서 키리카 씨와 부자 라이젤 씨가 대화를 하고 있을 때. 노쿠라 씨의 시선은 평소보다 왠지 모르게 더 험악해지는 것입니다.
"우리도 예의 그 도적단에 당한 탓에 요즘 상황이 힘들어. 그러니까 부탁해."

"교환권이 더 필요하면 상응하는 대가를 치러야 말이 되겠지?"

"상응하는 대가라…… 그럼 이런 건 어때?"

깨닫고 보니 라이젤 씨의 손이 키리카 씨 쪽으로 뻗어지고 있었습니다.

"잠깐. 손 잡지 말아줄래? 대가라는 건 그런 게 아니니까."

"나랑 개인적으로 가까워지면 더 좋은 일이 생길 것 같지 않아?"

"네네. 그래서, 어쩔래? 오늘은 보석, 팔 거야? 말 거야?"

어이가 없는 듯 키리카 씨는 고개를 젓고 있었습니다.

아마도 오늘 처음으로 구애받은 것이 아닐 테지요. 명백하게 대응이 익숙해 보였습니다.

그러나 노쿠라 씨에게는 참을 수 없는 일이었는지도 모릅니다.

두 사람을 바라보면서 노쿠라 씨는 굳어졌습니다.

"뭐……? 저 남자 뭐야……? 키리카를 마음대로 만지지 말라고……."

굳어졌다고 할까, 평범하게 엄청나게 화났습니다.

와아, 큰일.

"노쿠라 씨, 괜찮습니까?"

툭, 어깨를 두드리는 저.

그의 표정은 순간 원래대로 돌아왔습니다. 퍼뜩 놀라면서.

"어? 아, 그럼, 괜찮지. 괜찮아."

"그렇습니까."

저는 그의 손을 바라보며 말했습니다.

"들고 있는 상자는 괜찮지 않은 것 같습니다만."

"어?"

짐을 나르던 도중에 라이젤 씨가 키리카 씨에게 수작을 부린 탓일까요.

그가 들고 있던 상자는 평범하게 부서져 있었습니다.

참고로 내용물은 귀중한 물.

"잠까아아아안! 뭐 하는 짓이야 노쿠라아아아아아아!"

종업원의 실수에 사장님의 호통이 날아든 것은 말할 것까지도 없었습니다.

그나저나 다른 남자가 수작을 걸어오는 장면을 본 것만으로도 분노로 자신을 잃을 정도이니, 노쿠라 씨도 또한 어찌할 수 없을 만큼 그녀가 좋은 것일 테지요.

서로 사랑하는 거군요.

"뭐? 내가 키리카를? 좋아할 리가 없잖아!"

그럼에도 그는 그저 집중해서 삽을 움직이며 자신의 마음을 부정했습니다.

그것은 평소처럼 저와 그, 둘이서 유적까지 걸음을 옮긴 날의 일이었습니다.

"농담도 참. 솔직하게 말해보세요."

저는 구멍 위에서 그를 내려다보면서 심심풀이 정도로 물었습니다.

"고백 같은 건 안 할 건가요?"

그것은 마치 사랑 이야기를 너무너무 좋아하는 한창때의 여자아이.

매일 집에서 묵게 해주는 은혜도 있으니, 키리카 씨의 사랑이 이뤄지도록 협력해볼까 생각했던 것입니다. 좋아하지도 않는 남성에게 매일같이 구애를 받거나 손을 잡히거나 하는 상황도, 그녀로서는 성가시기 그지없는 이야기일 테니까요.

"…………."

그러나 제 말에 노쿠라 씨는 짧게 한숨을 내쉬었습니다.

"……가령, 내가 키리카를 좋아한다고 해도, 이런 상황에서 고백해서 잘될 거라고 생각해?"

푸욱, 푸욱, 삽을 움직이면서 여전히 구멍을 파는 노쿠라 씨.

성과는 아직 나오지 않고 있습니다.

닥치는 대로 그저 매일 구멍을 파고 있는 것처럼 보이지만, 그에게도 생각하는 바가 있는 것일 테지요.

"그 녀석은 감정사로서 매일같이 이익을 내고 있는데, 나는 아무것도 가진 게 없어. 이런 상황에서 대등한 상대로서 옆에 설 자격 같은 게 있을 리 없잖아."

"…………."

"게다가 옛정을 봐서 고용된 몸이잖아."

"할아버지끼리 아는 사이셨다죠?"

구멍을 파는 그의 손이 우뚝 멈추었습니다.

"그 녀석한테 들은 거야?"

그리고 이쪽을 올려다보는 노쿠라 씨.

저는 고개를 끄덕였습니다.

"매우 유명한 분들이었다고 들었습니다."

"……뭐, 그렇지. 이제 아무도 기억해주지 않지만."

땀을 닦는 노쿠라 씨.

"특히 키리카네 할아버지가 대단한 분이었대. 이 건틀릿도 원래는 그 녀석 할아버지가 만들어서 우리 할아버지한테 준 거였다나봐. 상당히 손재주가 좋았던 거겠지. 얼마 전에 돌아가셨지만."

그의 팔에 지금도 장착되어 있는 건틀릿.

사흘에 한 발뿐이지만 강력한 힘을 발휘할 수 있는, 세상 기묘한 도구. 그 동력으로 이용되는 것은 마력. 키리카 씨는 마법사 가계인가 봅니다.

"……?"

저는 어라라? 하고 고개를 갸웃거렸습니다.

떠올리는 것은 이 나라에 온 직후에 그녀가 했던 말.

——오래전부터 우리나라에는 마법사가 살고 있지 않거든.

그리고 마법사를 뭐라고 생각하는 겁니까? 하고 제가 전에 물었을 때 대답했던 말.

——그다지 만나본 적이 없어서 잘 몰라.

뇌리에 떠오른 그녀의 표정에 거짓은 없었고, 할아버지가 마법사였다는 사실은커녕, 자신이 그 가계라는 것도 모르는 듯한 분위기마저 느껴졌습니다.

대체 어떻게 된 일일까요?

"? 뭐야?"

저와 똑같이 노쿠라 씨가 고개를 갸웃거렸습니다.

"……아뇨."

고개를 저으면서 저는 말했습니다.

"키리카 씨한테 할아버님 이야기를 자세하게 듣지 못해서 조금 놀랐을 뿐입니다."

"아, 뭐야. 그런 거였어."

어깨를 으쓱이는 노쿠라 씨.

"그 녀석은 할아버지와 다르게 탐험을 하지 않고 나라에서 얌전히 살기를 택했으니까. 가족 이야기도 탐험 이야기도 별로 하고 싶지 않겠지."

"…………."

그런 걸까요?

"참고로 나는 가족 자랑이랑 탐험 이야기를 좋아해."

"그런 것 같군요."

"듣고 싶어?"

"이야기하고 싶은가요?"

그렇게 대꾸했지만, 다시 물어볼 것도 없겠지요. 작업하던 손을 멈추고 수다를 떨던 그는 어느샌가 사다리를 타고 올라와 구멍 가장자리—— 딱 제가 앉아 있는 옆에 걸터앉았습니다.

"우리나라 놈들은 모두 우리 할아버지 이야기에 관심이 없어서 말이야."

들어주는 사람이 있는 이 상황은 그에게 귀중한 기회인 것일 테지요. 아이처럼 눈을 빛내면서 적극적인 몸을 내밀었습니다.

"참고로 이 이야기를 들으면 너도 참을 수 없이 탐험을 하고 싶어질 거야."

우와, 큰일이네요.

"역시 안 들어도 될까요?"

"그건 안 돼."

후후훗 하고 악당 같은 표정을 지으면서 그는 말했습니다.

"그리고 너도 내일부터 유적 탐색을 돕게 되는 거다……!"

"그럼 일단 오늘 안으로 보물이 발견되기를 빌어야겠군요."

어깨를 움츠려 보이는 저.

그렇게 그가 이야기하기 시작한 것은, 먼 옛날부터 지금에 이르는 이야기.

과거 이 유적을 다스렸던 칼라도리아족과 그의 할아버지의 이야기였습니다.

지배를 하는 데 있어 가장 효율적인 방법은 무엇일까요.

과거 칼라도리아족은 다른 사람들이 원하는 것을 독점하면 좋다고 생각했는지도 모르겠습니다.

먼 옛날의 이야기.

사막을 건너는 남성에게 한 여성이 말을 걸었습니다.

"목이 마르지 않으신가요?"

남성은 기뻐하면서 고개를 끄덕였습니다. 마침 물이 떨어진 참이었던 것입니다.

그러나 당연하게도 물도 무상은 아닙니다.

여성은 물 대신에 남성이 갖고 있던 책을 요구했습니다. 이미

다 읽은 것이었기 때문에 남성은 선뜻 건넸습니다.

동료들에게로 돌아간 남성은 사막 한가운데에서 만난 신비한 여성 이야기를 동료들에게 들려주었습니다.

내일을 살기 위한 물 보급조차 쉽지 않은 사막 가운데에서, 필요 없는 것과 물을 교환해주는 사람이 과연 정말로 존재할까요?

후에 동료들은 남성이 갔던 길을 반신반의하며 따라가 보았습니다.

그날도 여성은 사막 한가운데에 서 있었습니다.

"목이 마르지 않으신가요?"

그리고 대가를 요구했습니다.

그것은 예를 들면 식량이나 의류, 그들이 우연히 갖고 있던 것을 대가로 요구했다고 합니다.

여전히 '모래의 보르덴'에서 화폐가 의미를 갖지 못하고, 물물교환이 주류를 이루고 있는 것은 당시의 흔적이기도 할 테지요——여성은 물을 원하는 사람 모두에게 교환할 것을 요구했습니다.

그러나 바꿔 말하자면, 소지하고 있는 물건만 넘기면 물을 베풀어준다는 뜻이기도 합니다.

그렇기에 여성의 소문은 순식간에 온 사막으로 퍼졌고, 당연하게도 물을 원하는 사람은 끊이지 않았습니다. 이윽고 한 사람 또 한 사람, 백성이 옮겨와 살기 시작했고, 이내 하나의 작은 마을이 생겨났습니다.

물을 주는 신비한 인물은, 그쯤부터 조금씩 달라졌습니다.

어떤 날은 초로의 남성. 어떤 날은 소년, 또 어떤 때는 중년 여성.

대략 수십 명쯤 되는 이상한 민족은 언제나 어디선가 갑자기 나타나서는 물을 주고 사라졌습니다.

대체 어떻게 물을 만들어내고 있는 것일까요? 모두가 말했습니다. 분명 신성한 힘을 가진 일족인 거라고.

사람들은 그들을 숭상하고 경외했습니다.

물을 만들어내는 그들을 사람들은 칼라도리아족이라 부르게 되었습니다.

주민들의 생활은 지극히 평온했다고 합니다.

칼라도리아족은 주민들에게 명령을 내리는 일도 없었고 권력을 휘두르는 일도 없었습니다. 언제든 마을에 나타나서는 물과 물건을 교환해주었습니다.

그 땅에 사는 주민들에게 그들이 요구한 것은 단 하나.

"결코 우리가 사는 곳에 발을 들이지 말 것."

칼라도리아족을 미행하고 그들이 사는 곳에까지 발을 들이는 자가 생길 경우, 물 공급을 즉시 중단하겠다고 선언했습니다.

주민들로서는 물만 구할 수 있다면 어찌 되든 상관없는 이야기였습니다.

칼라도리아족과의 규칙을 어기는 자는 어디에도 없었고, 그들은 서로를 존중했습니다.

그렇게 세월은 흘렀고, 사람이 모이고, 또 더욱 모이고, 이윽고 마을은 크게 번영했습니다.

그리고 불어난 마을을 바라보면서 칼라도리아족 여성은 웃었습니다.

"앞으로 물의 가치를 올리겠습니다."

지금까지는 우연히 손에 들고 있던 그런 값싼 물건도 물과 교환해주었습니다.

그러나 칼라도리아족은 그날을 경계로 가치 있는 식재료, 과일, 혹은 의류 내지 귀금속, 보석류를 요구하게 되었습니다.

갑작스러운 상황에 놀란 주민들에게 칼라도리아족은 "물 공급이 따라가지 못합니다"라고 설명했습니다. 주민이 지나치게 늘어서 만들어낼 수 없게 되어버렸다고 합니다.

사람들의 생활은 당연하게도 괴로워졌습니다.

그러나 그들의 곁을 벗어난 민중은 거의 없었습니다. 쉽게 물을 구하는 생활에 익숙해진 그들은 사막에서 살아가는 방법을 잃어버렸던 것입니다.

그래서 불평불만을 늘어놓으면서도 비싸진 물을 원했습니다.

가혹한 환경에서 살아가는 것보다는 낫다고 스스로를 타일렀습니다. 괴로운 날들은 마을의 치안을 악화시켰습니다. 사람들은 물을 두고 다투고, 자원을 서로 빼앗고, 그리고 때로는 사람이 죽는 일까지 생겼습니다.

주민들은 불신감을 키워갔습니다.

여전히 칼라도리아족은 어디선가 갑자기 나타났다 그대로 돌아가는 생활을 보냈고, 그 얼굴에 괴로움은 보이지 않았습니다.

갈증에 괴로워하는 것은 주민들뿐.

물은 정말로 적은 걸까요?

애초에, 그들은 대체 어떻게 물을 조달하고 있는 것일까요――

마을 주민들은 고개를 갸웃거리며 의문을 품었습니다.

이윽고 용기 있는 한 청년이 칼라도리아족과의 규칙을 깼습니다.

일족의 뒤를 미행하고, 지하까지 숨어들었던 것입니다.

청년은 거기서 믿을 수 없는 것을 목격했다고 합니다.

"——글쎄 칼라도리아족은 마을 지하에 거처를 만들어두고 있었고, 거기에 어마어마한 양의 보물과 물을 감춰두고 있었던 게야!"

흥분하며 말한 것은 초로의 남성.

그리고 모험을 꿈꾸는 소년처럼 눈을 반짝이는 그의 앞에는 마찬가지로 눈을 반짝이는 어린 소녀의 모습이 하나.

"우와아!"

어린 시절의 노쿠라 씨입니다.

유적에 얽힌 일화는 '모래의 보르덴'에서는 매우 유명한 이야기였습니다.

"칼라도리아족은 사람들에게서 빼앗은 음식과 보석으로 호화롭게 살고 있었지. 정말이지 용서할 수 없는 이야기야."

신성한 힘 따위는 그저 거짓일 뿐.

실제로는 지하에 비축한 물을 조금씩 내어놓으면서 사람들을 노예처럼 취급했던 것뿐이었습니다.

그래서 청년을 필두로 한 마을 사람들은 물을 위해 일어났고, 전면 전쟁에 나섰습니다.

칼라도리아족에게는 그들을 물리칠 정도의 신성한 힘도 없었습니다. 도망칠 곳을 잃은 칼라도리아족은 지하째로 죽는 길을 선택했습니다.

독점했던 물을 주민에게 줄 마음은 없었던 것이겠지요―― 공격해 오는 주민들을 앞에 두고, 그들은 지하 거처와 함께 폭사하는 길을 선택했던 것입니다.

그 결과 칼라도리아족은 멸망했고, 싸움은 주민 측의 승리로 끝났습니다.

그러나 얻은 것은 아무것도 없었습니다. 지하로 통하는 굴은 와르르 무너졌고, 모은 보물은 전부 부서지고, 물도 얻을 수 없게 되어버렸던 것입니다.

사람들은 그 후 새로운 거주지를 찾아 여행에 나섰고, 그렇게 '모래의 보르덴'에 모여 살게 되었다고 합니다.

"그리고 이전과 같은 일이 벌어지지 않도록, 우리는 물을 소중히 쓰게 되었던 게지."

요컨대 모두 사이좋게 물을 나눠 씁시다라는 교훈을 얻을 수 있는 이야기. '모래의 보르덴'에서는 자녀에게 물의 소중함을 설명하기 위해 자주 쓰인다고 합니다.

"――노쿠라, 하지만 말이다."

그러나 그의 조부는 모험가.

그가 칼라도리아 유적에 얽힌 옛날이야기를 한 이유는, 그저 교육을 위해서가 아니었습니다.

"역사 이야기에는 언제나 아주 약간의 진실이 담겨 있단다……."

빙긋 웃음 지으면서 노쿠라 씨의 할아버지는 말했습니다.

"내 견해로는, 유적에는 어마어마한 보물이 아직 잠들어 있을

게야. 칼라도리아족이 죽었을 때 보물도 사라졌다고 하지만, 그건 엉터리지. 지하를 파다 보면, 언젠가 어마어마한 양의 보물을 찾을 수 있을 게다!"

"저, 정말로……? 그런데, 묻혀 있는 건, 어떤 보물이야?"

"어마어마하게 대단한 보물이지……!"

"어마어마하게 대단한 보물이 뭔데?"

"…………."

"할아버지?"

"뭔가 이렇게…… 아무튼 대단한 보물이다……!"

"할아버지……!"

뭐가 뭔지 잘 모르겠지만 할아버지의 이야기에는 굉장함이 있었다. 라고 노쿠라 씨는 자랑스레 이야기하셨습니다.

할아버지가 그때까지 그에게 들려줘 온 이야기는 전부 꿈과 희망으로 가득한 모험담이었고, 흔들림 없는 진실이었던 것입니다.

예를 들어 어느 날의 일.

할아버지는 노쿠라 씨를 포함한 가족에게 이야기했습니다.

"내 견해대로라면 북쪽 성채에는 산적이 남긴 보물이 있을 게다."

그런 건 그냥 폐허일 뿐이잖아, 하고 어이없어하는 가족을 앞에 두고 그는 단언했습니다. 훗날 북쪽 성채에서 돌아온 할아버지의 손에는 대량의 보석이 들려 있었습니다.

그리고 예를 들면 또 다른 날도.

"이건 보물 지도로군……!"

할아버지는 오랜 친구── 키리카 씨네 할아버지가 운영하는 가게에서 낡은 지도를 손에 들고 경악했습니다. 어린 노쿠라 씨와 키리카 씨에게 그것은 그저 낙서의 나열로만 보였다고 합니다. 그러나 노년의 두 남성은 꿀꺽 침을 삼켰습니다.

훗날, 보물을 손에 든 두 사람이 '모래의 보르덴'으로 돌아왔다고 합니다.

그리고 예를 들어 다시 또 다른 날도.

"뭔가 먼 유적에서 수수께끼를 풀었더니 이게 나왔다네!" "으하하!"

노년의 두 남성이 함께 마을을 나갔나 싶으면 며칠 후 유적에서 보물을 가지고 돌아왔습니다.

노쿠라 씨의 할아버지. 그리고 키리카 씨의 할아버지. 두 사람은 그야말로 '모래의 보르덴'이 자랑하는 모험가였고, 그리고 그들이 점찍은 장소에는 반드시라고 해도 좋을 만큼 보물이 남겨져 있었습니다.

칼라도리아 유적에도 분명 뭔가 있다.

할아버지의 이야기를 들으면서 노쿠라 씨는 확신했습니다.

두 모험가는 자주 노쿠라 씨네 집에서 작전 회의를 했다고 합니다. 함께 지낼 때는 본 적 없을 만큼 진지한 할아버지의 모습에 노쿠라 씨는 큰 동경을 갖게 되었습니다.

"——다음은 칼라도리아 유적 지하를 파보자고."

지도를 가리킨 것은 노쿠라 씨의 할아버지.

키리카 씨의 할아버지는 고개를 갸웃거렸습니다.

"지하는 칼라도리아족이 전부 폭파하지 않았던가? 보물과 함께 죽기 위해서."

"나는 애초에 칼라도리아족이 스스로 멸망했다고 하는 이야기가 진실인지 어떤지도 의심스럽다네. 구전만큼 정보가 불확실한 건 없지 않은가—— 파내보면 분명 뭔가 있을 걸세."

"하지만 어디를 파야 하는지 모르지 않나."

"맡겨두게. 유적 어디를 파면 거주지에 닿을 수 있을지는 짐작이 가니까."

"……근거는 있는 건가?"

"그럼. ……사실은, 얼마 전에 나 혼자서 유적을 탐색하고 왔을 때 일부분만 모래 색이 다른 곳을 발견했다네."

"……오호?"

"아무래도 수상쩍어. 그 아래 뭐가 꼭 있을 것 같은 느낌이 들거든."

할아버지의 예감은 빗나간 적이 없습니다.

파트너—— 키리카 씨의 할아버지는 그의 제안에 고개를 끄덕이고, 칼라도리아 유적 탐색에 동행하기로 결정했습니다.

그들의 활약을 지금까지 몇 번이나 보아왔던 '모래의 보르덴' 사람들도 또한, 그들에게 기대를 걸었습니다.

칼라도리아 유적 일화는 누구나 어린 시절부터 들어 익숙하고 친숙한 옛날이야기.

만약 거기에 아직 보물이 잠들어 있다면.

어쩌면 물을 구할 수 있지 않을까——.

풍요로운 삶을 바라며, 마을의 미래를 맡기며, 마을 사람들은 유적으로 여행을 떠나는 두 모험가를 배웅했다고 합니다.

"할아버지! 힘내!"

당연히 노쿠라 씨도 그중 한 사람이었습니다.

"노쿠라, 기다리고 있으렴. 할아버지가 엄청난 보물을 가져오마!"

언제나처럼 웃으면서 할아버지는 그렇게 마을에서 멀어져갔습니다.

그러나.

알고 있는 대로, 돌아온 두 사람의 손에 보물은 단 하나도 없었습니다.

"아무것도 없었다네."

마을 사람들에게 그저 그리 말하며 웃어 보이고, 두 사람은 집으로 돌아가 버렸습니다.

두 사람도 찾아내지 못했다면, 분명 정말로 아무것도 없는 것이리라── 키리카 씨가 이야기해준 대로, 분명 마을 사람들은 두 사람의 뒷모습을 바라보면서 그렇게 생각했을 것입니다.

그러나 이 이야기에는 다음이 있었습니다.

집으로 돌아온 직후의 일입니다.

"……원통하군."

한숨을 내쉬면서 불을 바라보는 할아버지.

장작을 지피려는 듯 그는 칼라도리아 유적 탐색에 썼던 지도와 사전에 모은 칼라도리아족에 관련된 자료들을 차례차례 던져 넣고, 태웠습니다.

무언가를 지워버리듯이. 증거를 인멸하듯이.

타오르는 불꽃을 바라보는 할아버지의 뒷모습은 지금까지 본 적 없는 것이었습니다.

명백하게 예사롭지 않았습니다. 무슨 일이 있었던 것이 틀림없습니다.

"할아버지…… 보물은, 정말로 없었어?"

그래서 주저하며 노쿠라 씨는 물었습니다.

"…………."

이쪽을 돌아보는 할아버지.

마을 사람들에게 이야기했던 때처럼, 그는 웃어 보였습니다.

"그래, 아무것도 없더구나."

결국, 그 후 그가 모험을 떠나는 일은 없었습니다. 나이를 생각하면 칼라도리아 유적 탐색이 그에게는 마지막 모험이었던 것입니다.

만년의 할아버지는 마지막까지 평온하게 살았다고 합니다. 지금까지 모험하며 구한 보물들을 물과 식량으로 바꾸며 지낸 모양입니다. 마치 이제껏 지나왔던 모험의 날들을 정리하듯이.

할아버지가 돌아가신 것은 마침 모든 보물을 물건으로 바꾸었을 무렵이었다고 합니다.

"그런 할아버지가 마지막까지 놓아버리지 못한 게 딱 하나 있었지."

노쿠라 씨가 주머니에서 종이를 하나 꺼내서 제게 보여주었습니다.

그것은 미로처럼 뒤얽힌 선이 그려진 하나의 지도.

저희가 지금 있는 곳—— 칼라도리아 유적을 그린 것이었습니다.

"모험하던 당시에 썼던 자료는 할아버지가 직접 태워버렸는데, 그 후에 지도만 새로 다시 사셨어. 그리고 죽을 때까지 틈만 나면 지도를 보면서 지내셨지."

지도를 바라보는 할아버지의 모습은 마치 앞으로 시작될 모험을 상상하는 것만 같았다고 합니다.

적어도 노쿠라 씨에게는 그렇게 보였을 테지요.

그리고 할아버지가 돌아가신 지금, 손자인 그는 할아버지가 남긴 발자취를 따르기 위해 밤낮으로 구멍을 계속 파고 있습니다.

"아무래도 할아버지가 지하로 통하는 구멍을 봉인해버린 모양이야. 흙색이 다른 장소라는 것도 지금으로선 어딘지 전혀 알 수가 없어. 덕분에 내가 구멍을 파내는 매일을 보내고 있는 거지."

즉, 그의 할아버지와 그 파트너는 유적 지하를 탐색한 다음에 출입구를 완전히 막고, 그리고 관련된 자료조차 전부 불태워버렸다는 것일까요?

철저한 증거인멸.

그것참.

매우, 뭐랄까.

"냄새가 나는 이야기로군요."

중얼거리는 저.

옆에서 노쿠라 씨는 크게 고개를 끄덕였습니다.

"그렇지? 그런 생각이 들지? 분명 할아버지들은 칼라도리아 유적에서 뭔가를 본 거야. 보고서, 보물을 가져오지 못했던 거지."

꿈을 꾸는 소년처럼 눈을 빛내는 노쿠라 씨.

"포기할 수밖에 없던 이유가 있었던 걸까요?"

저는 곧바로 머릿속에 떠오른 것을 물었습니다.

"예를 들면 보물을 파내는 데 필요한 장치를 풀지 못했다, 라든가."

"혹은 어떤 사건이 있었다든가, 려나?"

"사건, 말인가요?"

"응."

"그건 예를 들자면 저런 느낌의 사건일까요?"

고개를 갸웃거리면서 저는 복잡하게 뒤엉킨 담장 끝으로 슬쩍 보이는 풍경을 가리켰습니다.

거기서 꿈틀대는 것은 복수의 검은 형체.

마차를 타고, 살금살금 주변을 살피면서 마을 쪽으로 향해 가는 검정 일색의 집단.

단적으로 바꾸어 말하자면 도적단.

당시의 할아버지들은 유명한 모험가였던 모양이니, 저런 놈들과 유적에서 마주치거나, 공적을 빼앗길 뻔하는 일도 드물지는 않았던 것이 아닐까요?

"……저 정도의 사건으로 포기한 건 아닐 거라고 생각하고 싶은데."

"그렇긴 하죠."

참고로.

"할아버지분들은 저런 것과 마주쳤을 때 어떻게 하셨나요?"

"격퇴했지. 이걸로."

들어 보인 것은 검은 건틀릿. 할아버지 때도 대활약하셨나 보군요.

과연, 그렇군요.

"그래서, 어쩔래요?"

"놈들한테는 개인적인 원한이 있어."

그는 천천히 일어서더니, 긴 이야기로 지친 몸을 가볍게 스트레칭 하면서 검정 일색의 집단을 바라보았습니다.

유적을 근거지로 삼고 마을 부유층을 상대로 절도를 반복하는 도적단.

할아버지의 꿈을 이어받아 그저 유적을 파낼 뿐이던 노쿠라 씨에게 그들만큼 거슬리는 존재도 없을 겁니다.

멋대로 오해를 받아 도적단 동료 취급을 당하고 있기도 하고요.

"여기서 잡아서 공을 세워보자고."

그리고 그는 검정 일색의 남자들에게 다가갔습니다.

싸움은 피할 수 없을 것 같군요.

저는 마력수를 꿀꺽 마시면서 물었습니다.

"참고로 뭔가 작전 같은 건 없습니까?"

"돌아가신 할아버지가 말씀하셨어. 작전은 돌진한 다음에 생각하라고!"

"아니 당신 할아버님 방금 회상에서는 엄청나게 작전 세우셨잖아요."

"가자아아!"

"와아, 무시했어."

기막혀하는 저를 무시한 채 건틀릿을 준비하고 내달리는 노쿠라 씨.

처음 만난 날처럼, 사막의 유적에 굉음이 울려 퍼졌습니다.

○

큰 공적이라고 할 수 있을지도 모릅니다.

저와 노쿠라 씨는 그 후 서둘러 '모래의 보르덴'으로 돌아갔습니다.

평소와 달리 이번에는 선물이 하나.

"크으으……." "으윽……." "이거 놔!"

밧줄에 감긴 도적단 사람들이 빗자루 끝에 매달린 짐수레 위에서 저를 노려보았습니다.

칼라도리아 유적에서 나라로 몰래 향하려 하던 도중에 저희에게 잡혔던 것입니다. 예정이 엉망이 되어 상당히 초조한가 봅니다.

그들은 애벌레처럼 기어서 몇 번이고 짐수레에서 도망치려 했습니다.

"어이. 도망칠 생각 말라고! 너희는 상응하는 벌을 받아야 하니까."

그리고 그때마다 함께 짐수레에 타 있는 노쿠라 씨에게 목덜미를 잡혔습니다.

그는 잡은 도적단의 감시 역할.

"어이, 일레이나. 미안하지만, 키리카를 불러주겠어? 이 자식들에 관한 걸 그 애한테도 알려줘야 하니까."

손에 넣은 성과를 고용주에게 전하는 역할은 제 몫인가 봅니다.

어쩔 수 없군요.

"그럼 증거품을 하나 받을 수 있을까요?"

손을 내밀었습니다.

"여기."

그는 주머니에서 꾸러미를 꺼내 제게 던졌고.

그리고 휙 하늘을 날아 제 손으로 쏙 들어왔습니다.

"받았습니다."

오늘 손에 넣은 성과는 둘이었습니다.

혹은 둘이면서 하나라고도 말할 수 있을지 모릅니다.

저희가 잡은 것은 칼라도리아 유적에서 '모래의 보르덴'으로 향하던 도중의, 도적단.

"……착각하고 있었나 보네요."

빙글 발길을 돌려 키리카 씨가 기다리는 가게로 달려가면서 저는 여기에 이르는 동안 본 것을 머릿속으로 반추했습니다.

그것은 노쿠라 씨와 제가 도적단을 쓰러뜨린 직후의 일입니다.

"……어떻게 된 건가요? 이거."

도적단이 타고 있던 마차 앞에 가만히 서서 저는 고개를 갸웃거렸습니다.

"어떻게 되다니, 뭐가 말이야?"

밧줄로 도적단 남자들을 묶으면서 통명스러운 기색으로 그는 대꾸해 왔습니다.

제가 품고 있는 위화감은 단 하나.

짐수레에 그득하게 실려 있던 짐을 하나 주워 들면서, 저는 노쿠라 씨 쪽으로 돌아섰습니다.

"어째서 그들이 이걸 갖고 있는 겁니까?"

제 손에 들려 있는 것은 작은 보석.

희고, 작은 보석.

"키리카 씨 가게에 드나들던 부자가 가지고 있던 겁니다."

——우리 집에 있는 비장의 보석이야.

분명 키리카 씨에게 내밀면서 부자인 그는 그렇게 말했었습니다.

"용케 기억하고 있네."

"값나가는 건 전부 기억하려고 하고 있으니까요."

"계산적인 녀석."

쓴웃음을 지으면서 노쿠라 씨는 말을 이었습니다.

"나는 이 보석을 본 기억은 없지만, 이 녀석들 얼굴은 잘 기억하고 있지."

말하면서 그는 옆에 있던 검정 일색인 남자의 복면을 벗겼습니다.

"으윽……" 하는 신음 소리를 내면서 드러난 것은 인상이 험악한 성인 남성.

……저는 본 적이 없는 분인 것 같습니다만.

누구신가요?

고개를 갸웃거리는 제게 그는 담담하게 말했습니다.

"이 자식들은 키리카네 가게에 드나드는 부자 놈들의 사용인이야."

"잘 알고 계시는군요."

"키리카에게 접근하는 남자 얼굴은 전부 기억하고 있지. 복면을 했어도 관계없어."

"…………."

노쿠라 씨가 반응하기 좀 곤란한 독점욕을 드러낸 것은 제쳐두고.

즉, 저희는—— 그리고 나라의 사람들은, 도적단에 관해 큰 착각을 하고 있었다는 뜻입니다.

그들은 결코 칼라도리아 유적에 거점을 두고서 '모래의 보르덴'으로 와 부유층의 집을 습격했던 것이 아니었습니다.

유적에서 나라로 보석류를 운반하고 있던 것입니다.

그리고 운반한 보석류를 키리카 씨의 감정소까지 가져가, 이익을 얻고 있던 것일 테지요.

태연하게 가게에 드나드는 남자들에게서 그녀를 지키기 위해, 저희는 우선 키리카 씨의 신변의 안전 확보를 최우선으로 하기로 했습니다.

"키리카 씨——."

그리고 저는 가게 문을 열고.

굳어졌습니다.

가게 안 카운터 너머에 있던 것은, 얼어붙어 있는 키리카 씨.

"안녕하신가? 마녀님."

그렇게 말을 걸어온 것은 차림새가 좋은 남성 손님—— 가게에 자주 드나들던 부유층 중 한 명, 라이젤 씨. 그리고 주변에는 복수의 사용인.

아무래도 타이밍이 좋지 않았나 봅니다.

"이, 일레이나 씨……."

겁먹은 표정으로 이쪽으로 시선을 보내는 키리카 씨의 목덜미에는 나이프가 들이대져 있었습니다.

저희가 도적단을 끌고 가게까지 오는 것을 들키고 말았나 봅니다.

키리카 씨를 인질로 삼고서, 라이젤 씨는 평소와 다름없는 평온한 안색으로 이야기했습니다.

"밖이 상당히 소란스러운데. 무슨 일이라도 있나?"

○

물 부족으로 괴로워하는 동료들을 구하기 위해, 한 청년이 규칙을 깨고 칼라도리아족의 진실을 밝혀냈습니다.

칼라도리아족에게 신성한 힘 같은 건 없었고, 마을 주민에게서 빼앗은 물건으로 풍족한 생활을 만끽하고 있었던 것입니다.

그들의 폭거에 분개한 청년은 동료들과 함께 정의를 위해 싸웠습니다.

수에 압도당한 칼라도리아족은 지하의 거주지와 함께 산산이 부서져 멸망했습니다.

그것이 '모래의 보르덴'에 전해지는 이야기.

모두가 아는 일화.

그러나 역사 이야기에는 언제나 아주 약간의 진실이 담겨 있는 법입니다.

칼라도리아족이 지하에서 풍족한 생활을 하고 있는 모습을 목격한 청년이 제일 먼저 한 것은, 칼라도리아족과의 교섭이었습니다.

『이대로라면 당신들은 분노에 지배당한 주민들에 의해 멸망당해버릴지도 모릅니다. 하지만 피 흘리는 결말은 제 취향이 아닙니다. 괜찮다면 당신들이 도망갈 수 있도록 도와드릴까요?』

칼라도리아족에게 선택지는 없었습니다.

그의 제안에 수긍하고, 칼라도리아족은 도망치게 해달라고 부탁했습니다.

청년은 말했습니다.

『도망치게 해드리는 대신에, 보물을 전부 여기에 두고 가주십시오.』

그가 지정한 장소는 칼라도리아족의 거주지 제일 앞쪽. 칼라도리아족이 혼인 의식과 집회에 사용하던 광장.

일족은 마지못해 그의 말에 따랐습니다. 지금까지 모은 보석과 귀금속── 가치 있는 것은 전부 그곳에 모았습니다.

그리고 밤의 어둠이 하늘을 뒤덮었을 무렵, 청년은 비밀리에 칼라도리아족을 마을 밖으로 도망치게 했습니다.

얼마 후.

청년은 동료를 데리고서 칼라도리아족이 숨어 있던 지하로 돌진했습니다.

그리고 광장에 도착하기 전에, 지하 일부를 폭파했습니다. 잔해에 짓뭉개지는 거주지. 물러나는 동료들. 이윽고 용기 있는 청년은 위험을 무릅쓰고 무너져가는 지하로 다시 돌아가, **칼라도리아족이 전멸해 있는** 것을 확인했습니다.

『내부는 정말이지 처참한 상황이야. 물도 조달하지 못할 것 같아. 여기는 이제 포기하는 편이 좋겠어.』

청년은 동료들에게 그렇게 설명하면서, 지하로 통하는 길을 봉인했습니다.

본인만 칼라도리아족의 유산을 언제든 꺼낼 수 있도록 해놓고서.

그리고 청년과 동료들은 사막을 여행하며 새로운 나라를 만들었던 것입니다.

그 이름은 '모래의 보르덴'.

"――나 같은 부유층 사람은 말이지, 그 청년의 자손이야."

여전히 키리카 씨의 목덜미에 나이프를 들이대고서―― 저와 노쿠라 씨가 저항하지 못할 만한 상태를 유지한 채, 라이젤 씨는 말했습니다.

운 나쁘게도 그가 가게 안에 있던 탓에 저희의 형세는 참으로 간단히 역전되었습니다.

저희에게 자신의 핏줄에 얽힌 이야기를 장황하게 자랑하면서 가게 밖으로 나온 그는 우선 노쿠라 씨를 때려눕히라고 사용인들에게 명령했습니다.

아마도 싸움에 익숙할 터인 남자 여러 명. 노쿠라 씨는 그 자리에서 맞고, 차이고, 짓밟혔습니다.

그 모습은 오랜 세월 쌓여온 울분을 푸는 것만 같았습니다.

"네 할아버지가 비밀 통로 입구를 부순 탓에 이쪽은 큰 손해를 봤다고."

그가 청년의 자손에 해당한다면, 아마도 유명한 모험가 두 사람이 유적 지하를 탐색하는 바람에 상당히 난처한 사태에 처했을 겁니다.

"모처럼 선조 대대로 이어져 오던 유산으로 가는 샛길이 완전히 막혀서 쓸 수 없게 됐잖아. 복구하기까지 방대한 시간이 걸렸다고."

부유층분들은 아마도 정기적으로 칼라도리아 유적을 방문해, 과거 청년이 남겨두었던 샛길을 이용해서 정기적으로 귀금속과 보석을 꺼내왔을 겁니다.

그렇게 '모래의 보르덴'에서 견고한 지위를 확립했을 것입니다.

이윽고 노쿠라 씨가 바닥에 쓰러졌을 때, 라이젤 씨는 "그만 됐다"라며 사용인들을 손으로 제지했습니다.

"피 흘리는 결말은 내 취향이 아냐."

적당히 봐주고 있다고 말하고 싶은 것일 테지요.

피는 흘리고 있지 않지만 노쿠라 씨는 이미 만신창이.

"이, 이 자식……."

땅을 기면서 라이젤 씨를 올려다보는 것이 고작이었습니다.

"더러운 손으로 키리카를 만지지 마…… 도둑 따위가……!"

"우리는 선조가 남긴 유산을 조금씩 써가며 생활했을 뿐이야. 트집도 적당히 잡아."

그리고 유적에서 가져온 유산을 전부 키리카 씨의 가게에서 물로 바꾸었을 테지요.

즉, 키리카 씨는 본인도 모르는 사이에 도둑── 아니, 부유층인 그들의 자금 조달에 협력하고 있었다는 뜻입니다.

"어, 어째서……?"

나이프가 목에 들이대진 상태로도 그녀는 당황하며 목소리를 높였습니다.

"당신, 보석이든 뭐든 다 갖고 있잖아! 그런데, 어째서──."

"원인은 네가 우리에게 자주 말하지 않았던가? 물가 상승으로 매우 힘들다. 여유가 없다고 말이야. '모래의 보르덴'에 사는 사람에게 주어진 자원은 서서히 양이 줄고 있지."

보석도, 귀금석도── 언젠가는 바닥을 드러내고 말라버린다.

아무리 유적 지하에 보관되어 있다고 해도, 언젠가는 사라진다.

"요컨대 자원이 떨어질 것 같아서 급하게 파내고 있다는 겁니까?"

질문하는 저.

조소가 돌아왔습니다.

"우리가 먼지투성이인 보석을 독점하기 위해서만 이렇게 활동을 하고 있다고 생각하는 건가? 너는 자격에 비해 별로 똑똑하지 않은가 보군.”

“…………….”

울컥.

“우리가 매각하고 있던 보석과 귀금속은 구멍을 파는 도중에 나온 부산물이다. 정말로 원하는 건 더 깊은 곳에 있지.”

그는 이어서 말했습니다.

“칼라도리아족의 거주지 가장 안쪽에는 놈들이 쓰던 광장이 있다. 혼인 의식과 집회에 사용하던 장소지.”

“그게 어쨌다는 거죠?”

“놈들은 그 더욱 깊은 곳에 또 하나의 비보를 숨겨놨었지——어마어마한 양의 물을 말이야.”

“……?”

물을 숨겨놓았다?

‘모래의 보르덴’ 같은 건조한 땅에서, 물이 귀중한 자원이라는 것은 이해가 됩니다만——.

“애초에 물이라는 게 간단히 숨길 수 있는 겁니까?”

“너는 정말로 똑똑하지 못하군.”

“…………….”

울컥.

“애초에 너는 옛날이야기를 듣고 의문이 들지 않은 건가? 사막 한가운데에 갑자기 나타난 칼라도리아족. 그들이 대체 어떻게 물을 조달했는지 말이야.”

어디선가 갑자기 나타났다 사라지는 칼라도리아족을, 당시의 사람들은 숭상하고 경외하면서 칼라도리아족이라고 부르게 되었습니다.

그것은 당시 사람들에게 그들이 신성한 힘을 가진 특별한 일족으로 보였기 때문이었을 겁니다.

"…………."

신성한 힘.

특별한 힘.

즉, 사람의 한계를 넘어선 힘.

저는 순간 생각했습니다.

"……설마."

저는 그 힘에 관해 잘 알고 있을 터입니다.

검은 로브, 삼각 모자.

그리고 브로치를 가슴에 달고 있는 제게 있어, 그 힘은 무엇보다도 친숙한 것일 터입니다.

마법.

"그래. 놈들은 마법으로 물을 만들어내고 있던 거다."

라이젤 씨는 긍정하며 고개를 끄덕였습니다.

"사막에 떠다니는 마력을 물로 바꾸는 장치를 지하에 마련해놓았다더군. 광장 안쪽에서 지금도 장치는 칼라도리아족이 돌아오기를 기다리고 있다고."

사막—— 특히 '모래의 보르덴' 같은 나라에 있어 물은 가장 가치가 큰 물건일 터.

나라의 자원이 줄고 곤궁해진 지금, 분명 물을 독점할 수 있게 되면 그들의 위치는 평범한 부유층 정도가 아니게 될 터.

이제 사막에서 그들에게 거역하는 자는 어디에도 없게 될 겁니다.

"우리는 이제부터 그 장비를 기동하러 갈 예정인데, 성가시게도 칼라도리아족은 도망칠 때 봉인을 해버린 모양이야. 다시 물을 토해내게 하려면 칼라도리아족 인간을 한 명 제물로 바칠 필요가 있다더군. 물과 어찌 되든 상관없는 인간을 물물교환하는 거지."

사막의 자원을 독점하고 있던 칼라도리아족다운 악취미적인 장치라 할 수 있을지도 모르겠습니다.

얼굴을 찌푸리는 저.

시야 끄트머리로 노쿠라 씨가 천천히 일어서는 기척을 느꼈습니다.

"……네놈의 야망은 잘 알았다."

그는 숨을 몰아쉬면서 손가락으로 가리켰습니다.

지금도 여전히, 라이젤 씨의 인질로 잡혀 있는 소중한 소꿉친구.

"키리카를 놔줘. 그 녀석은 관계없잖아."

………….

과연 정말로 그럴까요?

결코 라이젤 씨 쪽을 두둔할 생각은 아닙니다만—— 그러나 칼라도리아족이 마법사 일족이라면.

저는 좀처럼 안 좋은 예감을 금할 길이 없었습니다.

"칼라도리아족에게는 신체적 특징이 하나 있지."

"뭐?"

명백하게 초조한 기색의 노쿠라 씨를 보며, 라이젤 씨는 여전히 차분한 태도로 말을 자아냈습니다.

"금색 머리카락과 갈색 피부. 그게 칼라도리아족의 공통된 특징이다—— 지하 장치에도, 같은 특징을 가진 인간을 데려와 산제물로 바치면 다시 작동한다고 적혀 있지."

그리고 기이하게도 같은 신체적 특징을 가진 키리카 씨가, 여기에 있습니다.

그저 단순히 겉모습이 똑같은 것이 아닙니다. 키리카 씨의 할아버지는 마법 도구인 건틀릿을 만든 장본인.

마법사 일족일 것이 틀림없습니다.

"칼라도리아족이 남긴 유산은 키리카와 맞바꾸기로 하겠어."

"……!"

눈을 휘둥그레 뜨는 노쿠라 씨.

지금까지 라이젤 씨가 몇 번이고 키리카 씨의 가게를 찾아왔던 것은 칼라도리아족의 후예인 그녀를 이용하기 위해서였을 뿐, 그녀에게는 별다른 감정도 갖고 있지 않았나 봅니다. 그는 슬퍼하는 기색 하나 없이.

"키리카를 잃는 건 안타깝지만, 가게 주인으로 일하는 것도 오늘까지야. 내일부터는 네가 이 가게를 잘 운영해보라고."

노쿠라 씨에게 그렇게 지껄였습니다.

그리고 그는 키리카 씨의 팔을 강제로 잡고, 발길을 돌렸습니다.

향해 가는 곳에는 마차가 한 대.

"아파……! 놔, 놔줘!"
"얌전히 굴어."
담담하게 말하면서 그는 그대로 마차에 타버렸습니다.
그러나 저희는 쫓아가지 못했습니다.
"키, 키리카……! 안 돼……!"
손을 뻗는 노쿠라 씨.
그 앞에는 사용인이 여럿.
이 앞으로는 갈 수 없다며 벽처럼 막아섰습니다.
"젠장……! 방해하지 마! 비켜——!"
만신창이 상태로 노쿠라 씨가 앞으로 나아가려 하자 그들은 말없이 팔을 잡고, 배를 때리고 길바닥에 쓰러질 때까지 그저 두들겨 팼습니다.
"안 돼, 안 돼……! 하지 마……! 부탁이야! 더는 때리지 마……!"
키리카 씨의 비명이 터져 나올 때까지 몇 번이고 몇 번이고, 그들은 노쿠라 씨의 마음을 꺾어놓았습니다.
라이젤 씨가 지루하다는 투로 "그만 됐다"라고 말할 때까지, 몇 번이고.
"앞으로 거래할 업자가 될지도 모른다고. 그쯤 해둬."
마차 안에서 내려다보는 라이젤 씨.
사용인들에게도 그만 타라고 신호를 보낸 후, 그의 시선은 제 쪽으로 향했습니다.
"그럼 이만 안녕. 마녀님."
그 남자 치료라도 해줘.

저희를 내려다보면서 한 그 말을 마지막으로, 마차는 달려 나갔습니다.

"기, 기다려……."

길 위에서 손을 뻗는 노쿠라 씨.

그들의 모습은, 이윽고 보이지 않게 되었습니다.

○

유명한 모험가 두 사람이 마지막 땅으로 선택한 것은 칼라도리아 유적.

노쿠라 씨의 할아버지는 자신의 직감을 믿고 탐색을 했고, 아마도 지하로 이어지는 길을 자력으로 파냈을 겁니다.

그 앞에서 기다리고 있던 것은 칼라도리아족이 과거 살았던 거주지와 유산들.

그리고 물을 무진장하게 만들어내는 마법 도구.

두 사람은 분명 매우 낙담했을 겁니다.

장치에는 칼라도리아족을—— 기이하게도 키리카 씨의 할아버지와 같은, 갈색 피부와 금색 머리카락을 가진 인간을 산 제물로 삼으라고 기록되어 있었으니까요.

유산이란 인간을 죽이면서까지 손에 넣어야 하는 것일까?

두 사람은 아마도, 그렇게 생각하지 않았을 겁니다.

모래가 모든 것을 집어삼켜 메마르기만 한 사막의 세계라 해도, 사람을 희생하면서까지 손에 넣어야 하는 것은 없다고 판단

했던 것입니다.

그래서 과거 청년이 자신의 이익을 위해 연 채로 두었던 구멍을 완전히 막아버리고, 아무도 출입할 수 없도록 봉인한 다음.

『아무것도 없었다.』

마을에 그렇게 퍼뜨리고 다니면서, 유적 지하로 이어지는 자료를 전부 재로 만들어버린 것입니다.

갈색 피부와 금색 머리카락—— 아마도 키리카 씨를 포함한 가족에게 위해가 가지 않도록 하기 위한 배려도 있었을 테지요.

그리고 두 사람은 비밀을 영원히 묻어둔 채로, 이 세상을 떠났던 것입니다.

"역시 할아버지는 보물을 발견했었구나."

머리, 팔, 몸.

안도하는 기색으로 숨을 한 번 들이쉰 노쿠라 씨의 몸 여기저기에 붕대가 감겨 있습니다. 피 흘리는 결말은 취향이 아니라고 했던 것에 비해 라이젤 씨의 사용인들은 가차 없었고, 멍 말고도 베인 상처가 다수. 생명에 지장은 없겠으나, 그의 모습은 애처로울 지경이었습니다.

"아픈가요?"

"아니. 치료해준 덕분에 꽤 편해졌어. 고마워."

말하면서 그는 몸을 일으켰습니다.

억지로 참고 있다는 것은 바로 알 수 있었습니다. 천천히 신중하게 몸을 움직이는 것은 온몸에 내달리는 통증을 참고 있기 때문일 테지요.

이곳이 사막이 아니라 마법을 마음껏 쓸 수 있는 환경이었다면 마법으로 치료를 해드릴 수 있었을 터입니다만── 그보다, 애초에 그가 공격당하기 전에 보호하는 것도 가능했을지 모릅니다만.

쓸 수 있는 힘이 한정되어 있는 이곳에서는 인력으로 치료하는 것이 고작이었습니다.

"이제 어떻게 할 건가요?"

"물론 놈들을 쫓아야지."

"그렇습니까."

저는 고개를 끄덕인 다음 가게 안으로 들어갔습니다.

그리고 가방을 꺼내 들고 다시 밖으로 나왔습니다.

아마도 제가 떠날 준비를 하고 있는 것처럼 보였을 겁니다.

"너는 이제 떠나는 건가?"

"무슨 농담을."

이런 어중간한 상황에서 떠나다니 말도 안 됩니다.

저는 온존해둔 마력수를 몇 병 꺼내 차례대로 마셔 비웠습니다.

유적에서의 전투 탓에 소모되었던 마력이, 빗자루로 이동하느라 바닥이 났던 마력이, 다시 채워졌습니다.

메마른 몸이, 촉촉하게 채워졌습니다.

"괜찮다면 도와줘. 다시 유적에 데려다주기만 해도 좋으니까."

"네."

"문제는 유적에 간 다음이겠지……. 곤란하게도 어디를 통해서 지하로 들어가면 좋을지 전혀 모르니까."

유적은 이미 구멍투성이. 그럼에도 노쿠라 씨는 아직까지 지하에 다다르지 못했습니다.

샛길의 위치를 아는 것은 돌아가신 할아버지 두 분.

혹은 지금도 여전히 드나들고 있는 도적들——.

"………… ."

그때, 저와 노쿠라 씨의 시선이 한 지점에 쏟아졌습니다.

밧줄로 꽁꽁 묶인 검정 일색의 남자가 여러 명.

저희가 잡아 여기까지 끌고 온 분들입니다.

"뭐, 뭐야……." "뭘 쳐다봐!"

아마도 저희가 이제부터 하려 하는 일을 눈치챈 것일 테지요. 그들은 굳은 표정으로 저희를 바라보았습니다.

"고문이라도 할 셈이냐? 말해두겠는데 우리는 아무것도 불지 않을 거다."

부유층분들의 사용인으로 고용되었을 정도이니, 다소 혼쭐을 내주는 정도로는 분명 귀중한 정보는 불어주지 않을 겁니다.

그것참.

"큰일인걸……."

으으음 하고 한숨을 내쉬는 노쿠라 씨.

정말이지 그 말대로입니다.

저는 그 옆에서 몇 병째의 마력수를 다 비운 다음, 가방 안에 손을 집어넣었습니다.

안에서 꺼낸 것은 조금 특수한 효과를 가진 물.

그게 뭐야? 라고 말하고 싶은 듯한 노쿠라 씨에게 눈짓을 보내면서, 저는 이어서 사용인분들에게 물었습니다.

그나저나 다른 이야기입니다만.

고문 운운은 제쳐두고.

"목이 마르거나 하지 않은가요?"

○

칼라도리아 유적 지하로 이어지는 굴을 나아간 끝에 버려진 거주지가 있었습니다.

사람이 살지 않게 된 지 꽤 오래되었나 봅니다. 과거 칼라도리아족과 뒷거래를 한 청년이 꼼꼼하게 폭파한 탓일 테지요. 내부는 도저히 사람이 살 수 있을 만한 곳이라 하기 어려웠고, 대부분이 바위와 모래로 뒤덮여 있었습니다.

좁게 뒤얽힌 길을 그렇게 나아가자, 트인 곳에 다다랐습니다.

막다른 길.

"——그만둬! 이거 놔!"

그 한가운데에서 한 여성이 소리를 지르고 있었습니다.

차림새가 좋은 남자는 그녀를 억지로 잡아당기면서 "얌전하게 굴어"라며 진절머리가 난다는 느낌의 시선을 보내고 있었습니다.

"적당히 하고 입 다무는 게 어때? 너를 죽인 다음에 장치 앞에 놓아둘 수도 있다고."

"그럼 처음부터 그러지 그랬어?! 아직까지 날 살려뒀다는 건, 장치가 있는 곳까지 산 채로 데려가지 않으면 의미가 없기 때문이잖아?"

"……쯧."

정곡이었나 봅니다.

혀를 차면서 그는 광장 끝에 있는 장치로 시선을 보냈습니다.

그것은 딱 사람만 한 크기의 네모난 상자. 흐릿한 희푸른 빛을 띠고 있었고, 광장 전체를 밝히고 있었습니다.

표면에는 글자가 적혀 있었습니다.

『물은 여기에 있다.』

사람들을 모으기 위해 준비했던 물은, 글자 그대로 그 안에 담겨 있을 테지요. 칼라도리아족이 떠난 후로 지금까지 한 번도 사용되지 않은 장치 안에는 아마도 어마어마한 양의 물이 저장되어 있을 터.

남자는 유적 지하에서 빛나는 장치를 본 그날부터 그 내용물을 몹시도 갈망하게 되었습니다. 물자가 메말라가고 있는 지금, 부유층으로서의 삶에 미래가 보이지 않게 된 지금, 남아도는 물을 손에 넣을 수만 있다면 사막의 지배자가 되는 것이나 마찬가지.

그리고 장치를 열 방법은 단 하나뿐.

『우리의 피를 바쳐라.』

아마도 지금까지 몇 번이나 보아왔을 글자를 새삼스레 바라보면서 남자는 여성의 손을 잡아끌었습니다.

"어서 따라와."

여기에 이르기까지 공들여 준비를 해왔습니다.

바치기 위한 목숨도 가져왔습니다.

"놔! 이 자식……!"

금색 머리카락에 갈색 피부. 덤으로 과거 마법 도구를 만들고 활약했던 모험가의 손녀. 칼라도리아족의 후예라는 것은 틀림이 없습니다.

지금까지 나아온 길에는 어떤 실수도 없고, 모두 자신의 성공으로 이어져 있다.

남자의 걸음은 그런 자신감으로 가득했습니다.

"망할 자식아! 죽어버려!"

유일한 실수가 있다고 한다면, 그녀의 입과 팔다리를 묶어두지 않은 것일까요.

그녀는 이어서 글로 표현하지도 못할 만큼 더러운 말로 그를 심하게 욕한 다음, 글로 표현하기도 꺼려지는 곳에 있는 힘껏 발차기를 날렸습니다.

"――크허억!"

어둑어둑한 광장에 울려 퍼지는 무언가 둔탁한 소리.

남자는 몸을 수그렸습니다.

갑작스러운 폭거. 그녀를 구속하고 있던 손이 떨어진 것은 바로 그 순간.

그러나 이미 도망칠 수 있을 만한 상황은 아니었나 봅니다――발길을 돌리는 그녀를 사용인들이 곧장 포위했습니다.

"젠장……! 까불지 말라고……!"

사냥감에게 예상치 못한 반격을 당한 것처럼.

남자는 몸을 수그린 채 그녀를 노려보고 주먹을 쥐었습니다.

"본인 처지를 이해하지 못한 것 같군……!"

늘 여유로운 미소를 띠고 있던 그의 표정은 분노에 지배당하고 있었습니다. 앞으로 한 걸음인 순간에 방해를 받아서 필시 짜증이 난 것일 테지요.

한 걸음씩 힘주어 걸음을 내디디고, 움켜쥔 주먹을 휘둘러 올리고, 그리고 그는 그녀의 얼굴을 있는 힘껏── 이런, 안 됩니다, 안 되죠.

애처로운 여성의 얼굴을 때리다니 당치도 않습니다.

"에잇."

지하 광장에 조금 긴장감이 부족한 목소리가 울려 퍼졌습니다.

직후에 남자의──라이젤 씨의 뺨을 덮친 것은 공기 덩어리. 마치 강한 따귀를 맞은 듯한 일격에, 그는 비틀거렸습니다.

"제기랄…… 이번엔 또 뭐야!"

짜증스럽다는 듯이 올려다본 곳에는 한 명의 마녀.

머리카락은 잿빛, 눈동자는 유리색.

검정 로브와 삼각 모자를 착용하고, 그녀는 병에 가득 담긴 물을 들이켜면서 웃어 보이고 있었습니다.

"안녕하세요."

과연 그것은 대체 누구일까요.

그렇습니다. 저입니──.

"으랏차아아아아아아아아아!"

그렇게.

제가 나설 차례를 무시하고 어둠 속에서 광장으로 돌진하는 그림자가 하나 있었습니다.

검은 머리카락의 청년. 몸 여기저기에 붕대를 감은 그는, 딱히 마법사도 아니고 특별한 재능을 타고난 것도 아닙니다.

그저 매일, 할아버지의 말을 믿고서, 마을 사람들에게 잊힌 유적에서 계속해 구멍을 파고 있었을 뿐인, 지극히 평범한 일반인.

그리고 그는 주먹을 휘둘러 올렸습니다.

할아버지가 마지막에 모험한 유적 안에서.

"노쿠라……!"

키리카 씨가 바라보는 눈앞에서.

○

어둠 속에서 광장으로 돌진해 가는 것은 지극히 평범한 한 남성, 노쿠라 씨.

몸의 부상은 아직 낫지 않았고, 여전히 통증에 시달리고 있을 겁니다. 그러나 멈추지 않았습니다.

"머, 멈춰!" "더는 접근하지 못하게 해!"

설령 앞길을 가로막는 자가 나타났다고 해도, 그에게 닿기도 전에 제가 마법으로 날려 보내드렸습니다.

어둠 속을 질주하는 것은 희푸른 빛들. 사용인들은 시야 밖에서 날아드는 공격에 차례차례 쓰러져갔습니다.

그렇게 저는 그를 위해 길을 열어드렸습니다.

저희의 형세는 매우 간단히 역전되었다고 말할 수 있었습니다.

"어, 어…… 어째서 여기에……!"

라이젤 씨의 얼굴에는 명백하게 동요의 빛이 떠올랐습니다. 주먹을 움켜쥔 노쿠라 씨가 달려들고 있기 때문일 테지요. 혹은 고작 몇 초 만에 제가 사용인분들을 전멸시켜버린 것도 초조해진 요인일지 모릅니다.

딱히 어느 쪽이든 상관없지만 말이죠.

"크읏, 그렇지, 인질…… 인질을――."

노쿠라 씨가 자신의 눈앞으로 달려들기까지 남은 시간은 몇 초. 아마도 필사적으로 생각한 끝에 나온 결론이 그것뿐이었을 겁니다.

닥쳐오는 위협에서 시선을 돌리듯, 라이젤 씨는 옆에 서 있던 키리카 씨 쪽을 보았습니다.

다시 그녀의 목덜미에 나이프라도 들이대거나 하면 분명 노쿠라 씨는 시키는 대로 할 수밖에 없어진다――.

"그렇게 생각할 줄 알았습니다."

저는 이미 지팡이를 휘두르고 있었습니다.

쏘아진 빛은 라이젤 씨의 손을 튕겨냈고, 키리카 씨를 지켰습니다.

"으윽……!"

너무나도 예상 그대로인 일련의 행동에 저는 위에서 웃고 있었습니다.

이 상황에서도 아직 자신에게 살길이 남아 있다고 믿다니.

마녀에게 싸움을 걸면 어떠한 결말이 기다리고 있는지도 모르다니.

"별로 똑똑하지 않은가 보네요."
"이 자식……!"
이쪽을 노려보는 라이젤 씨.
저는 곧장 다시 지팡이를 휘둘렀습니다.
한 발, 두 발, 세 발—— 지하실을 밝게 비출 만큼 방대한 양의 마력을 잇따라 날렸습니다.
가라앉듯이, 빨려들듯이, 마력이 쏟아졌습니다.
"히익——."
그러나 제가 날린 마법이 라이젤 씨를 직격하는 일은 없었습니다.
"——돌아가신 할아버지가 말씀하셨지."
제가 쏜 마력은 전부, 검은 건틀릿에 삼켜졌습니다.
사흘에 한 번밖에 공격하지 못하는 마법 도구. 과거 위대한 모험가가 사용했던 물건. 다시 마력을 받아 눈부시게 빛나는 주먹을, 그는 움켜쥐었습니다.
"도둑을 상대할 때는 가차 없이 하라고."
그리고 쏘아진 것은, 단 일격.
"자, 잠깐잠깐잠깐! 기다——."

역사 이야기에는 언제나 아주 약간의 진실이 담겨 있다고 합니다.

저도, 노쿠라 씨도, 그리고 아마도 이 지하 유적을 독점하고 있던 라이젤 씨도── 어쩌면 과거 칼라도리아족과 거래를 했던 청년조차도 몰랐던 사실이 하나 있었나 봅니다.

다시 한번 장치에 쓰여 있던 말을 보도록 하죠.

『물은 여기에 있다.』

『우리의 피를 바쳐라.』

아마도 기록된 내용으로 보아 칼라도리아족이 이 장치를 써서 물을 운용했던 것은 틀림이 없을 겁니다.

그러나 **우리의 피**란 무얼 가리키는 것일까요?

라이젤 씨를 포함해, 저희는 아무래도 조금 상황을 지나치게 어렵게 생각했던 모양입니다.

과거 그들을 숭배하고 배신한 주민들과 마찬가지로, 칼라도리아족을 신성한 일족이라고 단정 지어버리고 있었는지도 모릅니다.

사막 안에서 사람들을 복종시키는 것이 가능할 정도로 고도의 힘을 가지고 있었다고 해도, 결국은 그들도 그저 마법사일 뿐.

그저 사람일 뿐입니다.

안에 담긴 물을 토해내게 하는 방법은 분명 피를 바치는 것이 틀림없었을 겁니다. 하지만 장치를 위해 정말 필요했던 것은, 엄밀하게 말하자면 피가 아니었습니다.

마법사의 피 안에 담긴 마력.

마력이 바로 고갈되는 사막 안에서 가장 효율적으로 마력을 만들어내는 방법은, 피를 흘리는 것이었을 테지요── 장치에 걸린 잠금을 여는 방법은, 분명 마법사가 피를 마력으로 변환하는 것이었던 겁니다.

그러나 바꿔 말하자면, 그건 즉.

마력을 직접 쏟아부으면 장치에 걸린 잠금은 다시 풀린다는 뜻이기도 합니다.

"우오오오오오오오오오오오오오오오오오오오!"

제 모든 마력을 담은 건틀릿이 라이젤 씨의 안면과 장치에 때려 박혔습니다.

장치를 열기 위한 열쇠는 그것으로 충분했던 것일 테지요.

어마어마한 양의 물이, 기둥이 되어 천장을 뚫었습니다.

○

맑은 하늘 아래.

사막에 비가 쏟아졌습니다.

빗자루 위에서 우산을 쓰고서 저는 눈 아래에 펼쳐진 광경을 바라보았습니다. 칼라도리아 유적이라 불리던 장소는 이미 거의 물속.

간신히 남은 건물의 잔해 속에, 라이젤 씨를 포함해 도적단으로 활약했던 남자들이 밧줄로 묶여 있었습니다.

"이 녀석들이 한 짓은 나중에 나라에 보고해둘게."

남자들을 모두 묶은 후에 노쿠라 씨가 제게 말했습니다.

"지금까지 도와줘서 고마워."

아뇨 아뇨.

감사받을 만한 일도 아닙니다.

저는 위에서 그를 내려다보며 고개를 저었습니다.

"딱히 저는 바보 취급당한 만큼 갚아줬을 뿐입니다."

"솔직하지 못하네."

"그나저나 이 물은 어쩔 셈이신가요?"

"말 돌리지 마."

어깨를 으쓱이는 노쿠라 씨.

주변 일대가 모두 물이었습니다.

칼라도리아족이 만든 장치는 마력을 담아 물로 바꾸는 성질이 있었던 모양입니다만—— 아마도 그들이 떠난 뒤에도, 계속해서 작동하고 있었나 봅니다.

사막 안에 떠도는 얼마 안 되는 마력을 아주 조금씩 계속 모았나 봅니다.

어마어마한 양의 물은 마치 사막에 갑자기 생겨난 호수처럼 펴져 있었습니다.

"이건 나라의 모두와 함께 나눌 생각이야. 옛날이야기의 교훈이기도 하잖아. 독점하려 들면 좋은 꼴을 못 본다고."

오호라.

"나라의 교육 수준이 훌륭한가 보네요."

"뭐, 그렇지."

"이렇게나 열심히 했는데 보수가 아무것도 없다, 라는 게 조금 아쉬운 느낌도 드는데요."

"후후후……."

제 말에 그는 이때를 기다렸다는 듯이 웃었습니다.

"너…… 내가 지하에서 아무것도 발견하지 못했다고 생각하는 거야?"

"아닙니까?"

고개를 갸우뚱하는 저.

그는 가슴을 폈습니다.

"나는 천생 모험가라고. 유적까지 갔다가 빈손으로 돌아올 리가 없잖아. 라이젤을 쓰러뜨리는 데만 집중한 것처럼 보이지만, 실은 가치 있는 걸 회수하고 있었다고."

라이젤 씨가 있던 광장은 칼라도리아족이 이 땅을 떠날 때 보물 종류를 모아두어야 했던 곳이기도 합니다.

그들이 미처 회수하지 못했던 게 다소 남겨져 있었나 봅니다. 노쿠라 씨는 자신의 허리에 달린 자루를 툭 치면서 "이 정도면 아마 당분간은 먹고살 걱정 안 해도 될 거야"라면서 눈을 빛냈습니다.

아뇨 아뇨.

"그전에 주운 물건에 가치가 있는지 없는지 봐달라고 하는 편이 좋지 않을까요?"

쓸모없는 잡동사니면 어떻게 합니까.

"그것도 그러네……."

일리가 있다면서 노쿠라 씨는 돌아보았습니다.

"키리카! 내가 주운 보물 좀 봐줘!"

손을 흔들면서 달려간 곳에는 키리카 씨가.

쏟아지는 비를 바라보면서 넋을 잃고 있던 그녀의 모습이 있었습니다.

"너는 이런 상황에서도 태평하구나……."

나는 아직 이해가 잘 안 되는데……라고 키리카 씨는 중얼거렸습니다.

"뭐, 사소한 건 어찌 되든 상관없잖아."

"전혀 사소하지 않다고 보거든!"

"그런 것보다 내가 주워 온 보물 좀 봐줘! 오늘은 정말로 가치 있는 걸 주워 온 것 같으니까."

"하아아……."

그녀는 기가 막힌 듯이 한숨을 몇 번 내쉬었습니다.

분명 이야기하고 싶은 것이 달리 있을 터입니다. 환경은 크게 달라졌을 터입니다. 그러나 제 시선 끝에서 대화를 나누고 있는 것은, 지금까지와 전혀 다르지 않은 두 사람의 모습.

"알았어. 정말이지……."

보여줘, 하고 손을 내미는 키리카 씨.

"그래."

그렇게 말하면서, 본인 허리에 매단 자루에 손을 뻗는 노쿠라 씨.

그것은 감정소에서도 지금까지 몇 번이나 보아왔던 광경이었습니다. 질릴 만큼 본 광경이기도 했습니다.

제가 그런 생각을 한 직후의 일이었습니다.

"……아, 어라?"

순간 노쿠라 씨는 자신의 허리 주변을 바라보며 경악했습니다.

"어, 없어!"

"없다……니, 뭐가?"

어리둥절해하면서 고개를 갸웃거리는 키리카 씨.

"없다고! 내가 주워 온 보물! 제대로 자루에 담아서 허리에 매달아뒀는데——!"

어머나.

저와 대화할 때는 분명 있었는데. 갑자기 사라지다니 신기한 이야기로군요.

"저기, 노쿠라."

톡톡, 그의 어깨를 두드리고서 키리카 씨는 가리켰습니다.

"자루라는 게 저거야?"

신기하게도 그녀의 시선은 제 쪽을 향하고 있었습니다.

그리고 더욱 신기하게도 노쿠라 씨가 보물을 담아둔 자루는 어째선지 제 손안에 있었던 것입니다.

어머나.

"이 자식…… 일레이나! 네가 훔쳤구나!"

내 보물에 무슨 짓이야! 라며 그는 소리를 질렀습니다.

그건 제쳐두고.

"저희가 아까 있던 곳은, 원래 혼인 의식 같은 데 쓰이던 곳인 모양이더군요."

분명 그렇게 들었습니다.

"? 그게 뭐?"

"이거 받으세요."

팅 하고 제 손안에 있던 작은 보물을 노쿠라 씨에게로 튕겨 날려 보냈습니다.

노쿠라 씨가 천생 모험가를 자칭한다면, 저는 천생 여행자라고 말해야 할까요.

그와 마찬가지로 저도 또한, 그곳에서 가치 있는 것을 하나 주웠던 것입니다.

휙 하늘을 난 다음, 작은 보물은 그의 오른손 안으로 들어갔습니다.

잡아챈 그는 숨을 삼켰습니다.

"너, 이거……."

제가 보물을 훔쳤다니 말도 안 됩니다.

제가 건넨 물건은 분명 지금의 그에게 있어 주변에서 적당히 주운 보석과 귀금속들보다 훨씬 가치가 있는 물건일 것입니다.

그래서 저는 말했습니다.

"이곳에서의 기본 원칙은 물물교환, 맞죠?"

약혼반지를 바라보는 그에게, 말했습니다.

○

그로부터 시간이 얼마나 흘렀을까요?

비처럼 쏟아지던 물이 그치고, 눈 아래에 펼쳐진 수면은 햇빛을 받아 빛나고 있었습니다.

눈이 부셔서 눈을 가늘게 뜬 제가 바라보는 곳에는 두 사람의 남녀.

몇 번인가 숨을 들이쉬고, 그리고 내쉰 다음 노쿠라 씨는 한 걸음 내디뎠습니다.

"저, 저기── 키리카!"

발밑에서 작은 물웅덩이가 첨벙였습니다.

"흐에엣? 네, 넵!"

어깨를 움찔 떨면서 그녀는 노쿠라 씨를 바라보았습니다.

얼굴이 귀까지 붉게 물들어 있었습니다. 외면하듯이 시선을 떨어뜨리고, 노쿠라 씨를 바라보고, 다시 시선을 떨어뜨리고를 반복할 때마다 그녀의 얼굴은 점점 더 붉어져갔습니다.

제게 등을 보이고 있는 노쿠라 씨의 귓가도 역시 같은 색으로 물들어 있었습니다.

"저기…… 봐줬으면 하는 물건이 있는데……."

이어서 그는 손을 내밀었고.

"……응."

키리카 씨는 작게 고개를 끄덕였습니다.

이제부터 그가 무엇을 보여주려 하는지 그녀는 알고 있는 것입니다.

노쿠라 씨가 부드럽게 그녀의 왼손을 잡고, 반지를 끼웠습니다.

"……어, 때?"

주저주저하며 묻는 노쿠라 씨.

그것은 지금까지 몇 번이나 가게에서 보아왔던 두 사람과 같으면서, 아주 조금 다른 두 사람의 모습. 감정사인 그녀가 보기에 그 보물에는 어느 정도의 가치가 있을까요?

그녀는 왼손을 태양을 향해 들어 올렸습니다.

약지에서 빛나는 것은 하나의 반지.

눈부신 듯 바라본 다음, 키리카 씨는 웃었습니다.

"최상보다도 위야."

©Azure

마녀의 여행 21
THE JOURNEY OF ELAINA

『그을음투성이의 숲』

주변에는 아주 조금 기묘한 풍경이 펼쳐져 있었다.

나라로 이어지는 외길. 그 위로 나무들이 양옆에서 베일처럼 손을 뻗고 있다. 올려다보았을 때 시야에 들어오는 것은, 파란 하늘과 눈부신 햇빛으로부터 지상을 덮어 가리는 가지와 잎.

까맸다.

햇빛이 눈부셔서가 아니다.

머리 위를 덮은 나무들의 가지도, 잎도, 그리고 좌우에 늘어선 줄기도 전부 까맣게 타 있다.

"…………."

만져보니 손끝에 거뭇하게 묻어나는 그을음.

지상에 굴러다니는 잎 하나를 주워 들어보니, 파스스 부서져 흩어졌다.

"이 숲은 과거 마법사가 미래 번영을 바라며 만든 거라더군."

나도 파견되어 왔을 뿐인 마녀이기에 이 주변 사정을 자세히 알지는 못하지만 말이지——라고 덧붙이고서, 나는 담배에서 입을 떼고 연기를 뱉었다.

어두운 밤의 마녀 실라. 마법 총괄 협회 소속 마녀.

자신의 신분을 그렇게 밝힌 다음 내가 그 자리에서 꺼내놓은 말은, 여기에 오는 도중에 자료로 본 정도의 얕은 지식.

"과거 마법사만 살던 이 앞에 있는 나라는 이민을 받아들이게 되었고, 마법을 쓸 수 없는 사람들과 수인도 살게 되었다. 당시의 마법사들은 민족 간의 차별이 없는 나라를 바라며, 마법으로 이 숲에 있는 나무들을 나라로 이어지는 길로 다시 만들었다."

시대가 변했다 해도, 시간이 흘렀다 해도, 결코 변하지 않는 숲.

모든 것이 은색으로 반짝이는 눈부신 나무들이 만들어내는 풍경.

사람들은 그 광경을 이렇게 불렀다고 한다.

"강철의 숲."

시대가 변해도 녹슬지 않도록 나라 사람들이 세대를 초월해 계속 관리해왔고, 오늘날까지 눈부실 정도의 반짝임을 유지하고 있다——라는 것이 내가 읽은 자료에 적혀 있던 문언이다. 선조가 남긴 유산을 소중히 여기고 다음 세대로 이어오면서 나라가 자랑할 정도의 상징이 되었으리라.

지금은 자취도 찾을 수 없었다.

모든 것이 검게, 타 있다.

강철 같은 건 어디에도 없었다.

눈앞에 펼쳐져 있는 것은 그저 쇠 부스러기들.

"갑자기 뭐야? 이 사람……." "……역사 공부라도 하러 온 건가?"

내가 늘어놓은 말에 키득거리며 조소로 답한 것은 이 앞에 있는 나라에 사는 마법사들로 구성된 단체의 일원.

모두 똑같은 의상을 몸에 걸치고, 자신의 행동의 정당성을 확인하듯이 서로 시선을 주고받으며 웃고 있다.

그 수는 대여섯 명 정도.

사건이 일어난 것은 지난밤이었다.

밤중에 마법사 여러 명이 강철의 숲 상공을 빗자루로 날아다니며 기름을 뿌리고, 그 위로 불을 날린 것이다.

마법사들은 그 자리에서 바로 나라의 보안국에 의해 체포되었고, 마법사 관련 흉악 사건과 사고를 다루는 마법 총괄 협회에도 연락이 닿았다.

"…………."

그리고 지금 이렇게 내가 파견되기에 이른 것이다.

눈앞에는 수갑이 채워진 마법사들.

보안국 직원과 마법 총괄 협회 직원에게 포위당한 상태에서도, 그리고 내가 도착했음에도 여전히, 그녀들의 태도는 달라지지 않았다.

죄의식은 없었고, 마치 자신들이 일으킨 사건의 성과를 자랑하고 있는 것처럼도 보였다.

"너희 탓에 조국이 큰 손해를 입었는데, 반성하는 기색은 없는 것 같군."

그렇지 않다면 지금도 웃고 있을 이유가 없다.

어이없어하는 내 모습에 마법사 중 한 명이 뿜었다.

"반성이라고? 그런 거 할 리가 없잖아. 우리가 한 행동은 분명 정의에 따른 거니까."

아마도 그녀가 오늘 벌어진 범행의 리더 격인 것이리라.

그 모습은 동료들에게 한심한 모습을 보이지 않으려 애써 허세를 부리는 것처럼 보였다.

"협회 직원분은 아시려나. 우리나라에서는 지금 마법사가 노예 같은 취급을 받고 있다고. 타민족을 받아들여 온 결과, 가장 능력 있는 마법사만 불편을 강요당하게 된 거야."

나라가 마법사뿐이던 시대는 단순해서 좋았다. 모든 면에서 우열을 가리는 기준이 마법사로서의 힘의 강함뿐이었으니까. 지금, 이 앞에 있는 나라의 문 너머에 펼쳐진 것은 다종족이 어깨를 나란히 하는 하나의 나라. 모든 것의 우열을 가리는 기준은 복잡해졌다.

마력의 강함에 가치는 없어졌다. 다른 종족이 마법을 쓰지 못하는데 불평등하니까.

마법사가 있을 자리는 줄어갔다. 다른 종족을 위해 자리를 내주었으니까.

타민족에게 있어 살기 좋은 나라는 마법사에게 있어선 살기 힘든 나라였다.

그렇기에 리더 격인 여자는 아무도 묻지 않은 주장을 이렇게 계속했다.

"우리 마법사 해방 연합은 우리나라에서 마법사 차별 대우의 철폐를 요구한다. 우선 마법사를 제외하고는 나라에서 쫓아내도록 해."

그렇지 않으면 해방 연합의 범행은 앞으로 계속된다.

그렇다고 한다.

"그런가."

길게 설명하고 난 후에 이런 말하기 미안하지만, 나는 고개를 저으면서 대답했다.

"미안하지만 나는 너희와 협의하기 위해 여기 온 게 아니야."

주장할 상대를 틀린 것 아닌지?

어이없어하는 나에게 리더인 여자는 말했다.

"틀리지 않았어. 범죄에 손을 댄 인간의 주장을 세상에 알리는 게 당신들 일이잖아?"

"재발 방지에 힘쓰는 게 우리 일인데."

"그렇다면 우리의 성명을 세상에 알리도록 해. 우리는 옳은 일을 위해 행동한 거라고 퍼뜨리라고."

"이 꼴을 보고도 그런 말을 할 수 있는 건가?"

탄 나무들을 나는 올려다보았다.

맥맥이 이어져온 유산은 이제 더는 여기에 없다. 완전히 변해 버린 모습만이 펼쳐져 있다. 처음 이 자리에 선 나조차도 이 광경이 옳지 않다는 것만큼은 알 수 있었다.

"옳은 미래를 위해 필요한 희생이야."

반면 리더인 여자는 코웃음을 치면서 답했다.

"우리가 나라 안에서 아무리 목소리를 높여본들 아무도 귀를 기울여주지 않아. 더 많은 사람들에게 목소리를 전하기 위해서는── 마법사들에게 자유를 주기 위해서는, 더 많은 주목을 끌 만한 불씨가 필요해."

결론이 자신에게 있어 옳은 것이라면 과정에서 아무리 길을 벗어난다 해도 상관없다고 말하고 싶은 것이리라.
어이가 없어 할 말도 없다.
"감옥 안에서 평생 계속 말하고 있으라고."
적어도 나는 그녀들의 성명을 퍼뜨리고 다닐 마음이 없다. 보통 사건과 마찬가지로 보고하고, 아마도 보통 사건과 마찬가지로 며칠간 지면을 장식하고, 마을 주민들도 그걸 끝으로 화제로 삼는 일도 없어지리라.
이런 건 그저 사건일 뿐이다.
그리고 논의할 가치도 없다.
"상당히 과장되게 말하네. 우리가 한 짓은 그저 기물 파손. 어차피 우리는 1년도 안 돼서 자유의 몸이 될 거야."
자신의 상황을 잘 이해하지 못하고 있는 모양이다.
리더인 여자는 나를 보며 웃고 있었다.
"감옥에서 나와도 마법사가 학대당하는 그런 세상이라면, 우리는 또 같은 일을 반복할 거야. 목소리를 계속 내야만 세상을 바꿀 수 있으니까. 옳은 세상을 위해서는 주목을 끌 수밖에 없으니까."
"그런가."
나는 한숨으로 답했다.
"하지만, 너희가 감옥에서 나올 수 있게 되는 건 상당히 먼 훗날의 이야기일 거다. 어쩌면 평생 나오지 못할 가능성도 있지."
"뭐?"
무슨 소리야? 하고 리더인 여자는 눈을 동그랗게 떴다.
아무래도 자신이 처한 상황을 전혀 이해하지 못하고 있는 모양이다. 기껏해야 나라의 소유물을 망가뜨렸을 뿐, 이라고만 생각하고 싶은 것일까.

"너희 말이야, 강철의 숲에 불을 붙였을 때 주변 상황은 확인했나?"

마법사의 자유를 위해 싸운다는 대의에 도취되는 것은 상관없는 일이지만.

중요한 것이 눈에 들어오지 않았던 모양이다.

여전히 상황을 잘 이해하지 못하고 있는 그녀들에게, 나는 냉정하게 알렸다.

그녀들에게 걸려 있는 범죄 혐의는 기물 파손이 아니다.

"너희가 불을 붙였을 때, 강철의 숲 안에서 마법사가 작업을 하고 있었다."

"……뭐?"

아연실색하는 해방 연합 녀석들에게, 나는 그녀들의 눈에 들어오지 않았던 현실을 가르쳐주었다.

"자신들의 대의에 도취된 탓에 잊고 있었나 본데, 강철의 숲을 관리하기 위해 매월, 일부 마법사가 청소를 하고 있거든. 아무래도 이번에도 작업을 하고 있었던 모양이야. 너희가 불을 붙였을 때, 두 명의 마법사가 도망치지 못하고 죽었다."

한 사람은 노파, 또 한 사람은 아직 어린아이. 양쪽 모두 하늘에서 쏟아진 기름을 정통으로 뒤집어쓴 흔적이 있었다. 불이 붙자 도망치지도 못하고 목숨을 잃었으리라.

즉, 내가 오늘 여기에 온 이유는 숲을 망가뜨렸을 뿐인 마법사를 체포하기 위해서가 아니다.
살인자를 잡으러 온 것이다.
마법사를 지키겠다고 외치면서 마법사를 죽인, 정상이 아닌 사람들을 잡기 위해 온 것이다.
그럼에도 내가 눈앞에 나타나자 잘난 척하며 대의를 늘어놓고 흡족해할 뿐. 구역질이 난다.
"주, 죽어? 작업하던 마법사가……? 그런……! 그럴 리가……!"
이제야 상황의 중대함을 깨달은 리더인 여자가 망연하게 지면으로 시선을 떨어뜨렸다.
나는 그 눈앞에서 몸을 낮추었다.
"어이, 하나 묻겠는데."
아마도 이제부터 내가 쓴 보고서대로 보도가 될 것이다.
마법사의 생활을 보호한다고 하는 명목으로 나라의 유산인 강철의 숲을 불태우고, 그리고 본래 보호해야 했던 마법사까지 휩쓸리게 한 해방 연합.
바꿔 말하자면, 그저 살인자.
"너희 같은 놈들한테 대체 누가 찬동할까?"

『강철의 숲』

해 질 녘.
나라의 문에서 이어진 오솔길을 둘러싼 것은 보면 볼수록 신기한 광경이었습니다.

여행자는 숨을 삼키며 올려다보았습니다.

머리 위로 펼쳐진 것은 황금색으로 빛나는 나무들의 베일. 뒤덮듯이 가지를 뻗고 있는 나무들이 석양을 받아 눈부실 만큼 반짝이고 있었습니다.

잎도, 가지도, 줄기도, 전부 하나같이 황금으로 보였습니다.

그곳은 나라를 방문한 여행자들의 성지.

많은 여행자가 그 나라를 방문한 기념으로 머리 위에 늘어선 잎 한 장을 손에 들고, 가지고 돌아간다고 합니다.

"에잇."

그녀도 또한 그중 한 사람이었습니다. 가볍게 땅을 차고, 잎 한 장을 땄습니다.

쨍그랑하는 딱딱한 소리와 함께 그녀의 손에 끌려간 것은, 그 또한 황금색으로 빛나는 잎.

"신기해라……."

여행자는 손가락으로 튕겨보았습니다. 톡톡 하고 단단한 소리가 울려 퍼졌습니다.

세게 쥐어보니 손바닥이 아팠습니다.

하늘로 들어보면 석양 아래에서 반짝반짝 빛나 보였습니다. 황금색으로 보이는 것은 그저 석양이 눈부시기 때문이 아니었습니다.

여행자의 주변에 있는 모든 나무는, 문자 그대로 전부 강철로 되어 있었던 것입니다. 만져보면 분명 딱딱하고, 쇠 같다. 올려다보면 분명 눈부시고, 따뜻하다.

그래서 이 숲은 이웃 나라들에서 이렇게 불리고 있습니다.

강철의 숲.

"——어머나, 귀여운 여행자님이네."

눈부신 숲속에서 갑작스레 말을 걸어온 사람이 있었습니다.

귀여운 여행자? 대체 누구를 말하는 것일까요?

"안녕하세요."

그렇습니다. 저입니다.

미소로 답하면서, 말을 걸어준 할머니 쪽으로 걸음을 옮기는 저. 강철의 숲속, 그녀는 지팡이를 휘두르면서 강철의 숲 나무들을 깨끗하게 닦아냈습니다. 무얼 하고 계신 것인지——는 물을 것도 없겠지요.

분명 강철의 숲이 생긴 당시부터, 이렇게 마법으로 강철의 나무들을 아름답게 보존해온 것일 테지요.

할머니는 제게 마주 웃어 보였습니다.

"이제 곧 좋은 밤이라고 인사해야 할 시간이 될 거야. 여행자님. 이런 시간에 출국하는 건가?"

밤의 여행길을 걱정해주는 것일 테지요.

저는 고개를 가로저으며 답했습니다.

"이 시간에만 볼 수 있는 풍경을 본 다음에 여행으로 돌아가고 싶었거든요."

보이는 모든 것이 금색.

낮에는 당연히 볼 수 없었고, 밤에도 마찬가지. 출국한다면 하루 중 한정된 시간에만 볼 수 있는 것을 봐두고 싶었던 것입니다.

제가 일부러 이런 시간에 돌아다니고 있는 것은 그런 사정이 있기 때문입니다만—— 여행자 나름의 사정이 얽혀 있기 때문입니다만.

"늘 이런 시간에 작업을 하시는 건가요?"

답하는 김에 저는 고개를 갸웃거리며 물었습니다.

눈앞에는 할머니.

그리고 그녀의 옆에서 지팡이를 꼭 쥐고 있는 여자아이가 한 명 있었습니다.

두 사람 모두 강철의 숲 청소 작업을 하고 있다는 것은 보면 대충 짐작할 수 있었습니다만, 나라의 사람들은 언제나 늦게까지 일을 하고 계신 것일까요?

가볍게 묻는 제게 할머니는 "아니 아니" 하고 고개를 저었습니다.

"오늘만 어쩔 수 없이 저녁에 일하고 있는 거야."

이어서 그녀는 미간을 찌푸리며 말했습니다.

"마녀님, 우리나라에 체재했었다면 해방 연합이라는 사람들에 대해 아나?"

"……네, 뭐."

해방 연합.

제가 강철의 숲 너머에 있는 나라에 체재하는 동안에 몇 번이나 들었던 집단의 이름입니다. 언동과 행동 모두 과격하며, 그 목적은 마법사들에 대한 차별 대우 철폐. 적어도 타국을 보아온 제 눈에는 국내에서 마법사에 대한 차별 대우 같은 건 없어 보였습니다만, 그녀들에게는 다른 것이 보였나 봅니다.

"사실은 언제나 낮에 작업을 하는데, 그 사람들이 청소 도구를 감춰두는 바람에."

그래서 본래 작업을 해야 할 시간에 맞추지 못했고, 도구도 없이, 결국 어쩔 수 없이 동료들끼리 자택에서 천 조각만 들고 와 닦아내는 작업을 하고 있다고 합니다.

"동포 때문에 일에 지장이 생긴 겁니까?"

해방 연합은 다른 종족의 추방을 최종 목표로 삼고 있는 모양입니다만.

"……나라에서 함께 사는 종족이 많으니 큰일도 많네요."

비교하는 대상이 많으면 많을수록 모든 것은 복잡해지고, 부러워지는 것이 늘어난다. 부러워하다 보니 채워지지 않은 것을 깨닫게 되고, 채워지지 않았기에 더욱 바라게 된다.

적어도 마법사만이 살던 때는 이러한 알력은 없지 않았을까요? 민족 간의 평화를 바란 끝에 생긴 예상치 못한 대가에 저는 어깨를 움츠렸습니다.

"딱히, 마법사뿐이었던 시대에도 그런 사람들은 있었어."

할머니는 태연한 모습으로 저에게 대답했습니다.

"옛날에도『타고난 마법사로서의 재능이 뛰어나지 않은 사람에게 우대 조치를 하라』라며 반대 운동이 일어나기도 했었지."

"그 사람들은 어떻게 되었나요?"

"글쎄. 어느샌가 보이지 않게 되었어."

다른 종족이 흘러 들어온 덕분에 흐지부지됐는지, 아니면 모습을 바꾸어 지금 해방 연합으로 활동하고 있는지.

자세한 사정은 알지 못합니다만.

"어느 시대에나 소란을 피우고 싶어 하는 사람은 있는 법이지."

"…………."

옳은 미래를 원하는 것인지. 아니면 그저 불평불만을 터뜨릴 곳을 원하는 것인지.

조용하게 나라 안에서 살아가고 있는 그녀들에게 해방 연합분들은 어떻게 비치고 있을까요?

"할머니."

자리에 선 채로 이야기가 너무 길었나 봅니다.

조금 전부터 옆에서 잠자코 있던 여자아이가 할머니의 소맷자락을 잡아당기고 있었습니다.

"이야기는 됐으니까, 얼른 일해요."

이대로는 깜깜해져요.

그녀는 걱정스러운 듯 하늘을 올려다보았습니다.

해 질 녘 하늘의 태양이 서서히 기울어지고 있었습니다. 곧 밤의 어둠이 하늘을 뒤덮어버릴 테지요.

"어머나, 그렇구나. 여행자님한테도 미안한 일이고."

여자아이의 머리를 다정하게 쓰다듬은 다음 할머니는 저를 바라보았습니다.

"불러 세워서 미안해."

"아뇨 아뇨."

고개를 저으면서 "일, 힘내세요" 하고 무난한 말을 덧붙였습니다.

할머니는 웃으며 고개를 끄덕여주었습니다.

"또 와줘. 숲을 깨끗하게 관리하면서 기다릴 테니."

그 옆에서 여자아이는 손을 흔들고 있었습니다.

"바이바이."

그래서 저는 고개를 꾸벅여 인사를 한 다음, 손을 흔들며 돌아섰습니다.

시야를 뒤덮은 것은 금색의 숲.

몇 번을 보아도 아름다운 풍경이 여기에는 있었습니다.

"……정말로, 아름답네요."

다시 한번, 여기에 왔을 때.

그때 다시, 같은 풍경을 볼 수 있을까요.

빛나는 나무들 사이를 걸으면서 언젠가 또, 다시 이 땅을 찾아올 날을 꿈꾸면서.

그리고 저는 걸음을 내디디며 다시 여행으로 돌아갔습니다.

숲속, 묘하게 포장되어 있는 길을 본 적 있는가.

죽 늘어선 아름다운 나무들. 자세히 보면 그 모든 가지가 딱 적당한 상태로 다듬어져 있다.

마치 자로 잰 것처럼 곧게 뻗어 있는 길. 쓰레기도 없고, 쓸데없는 풀도 일절 없다. 무엇 하나 특별할 것 없는 길이지만, 탁 트인 푸른 하늘이 펼쳐져 있는 오늘 같은 날에 걸어보면 아주 기분 좋다.

이 길은 나의 사유지이자, 내가 오랜 세월에 걸쳐 간신히 완성한 길이다. 내가 사는 집과 별장이 있는 나라에서, 양쪽을 연결하는 숲속에 토지를 사서 만든 것이다. 철저하고, 지나치게 완벽을 추구하고 마는 성격인지라 시간을 좀 지나치게 쓰고 말았는지도 모르지만, 그러나 별장으로 향하는 휴일의 시작을 평화롭게 보낼 수 있다면 나쁘지 않다. 나는 오늘도 직접 만들어낸 길을 혼자서 걷는다.

거기에 있는 것은 내가 만들어낸 낙원.

오로지 혼자서 독점할 수 있는, 낙원――.

"어머나, 멋져라. 어째선지 이 주변 길은 묘하게 포장되어 있네. 제법 괜찮은 느낌이야. 빗자루를 타고 지나가 버리기엔 조금 아까울지도."

…………….

나는 눈을 깜빡였다.

"내리기로 할까. 에잇."

내가 만들어낸 낙원에, 마법사가 한 명, 내려선 것이다.

머리카락은 잿빛. 눈동자는 유리색, 기분 좋은 모습으로 주변을 둘러보면서 내가 만들어낸 완벽한 길에 대해 "응, 나쁘지 않은 로케이션이야" 같은 실없는 소리를 지껄이고 있는 것은, 놀랍게도 마녀였다. 가슴께에 별을 본뜬 브로치가 달려 있었다.

그리고 그녀는 "잠시 산책이라도 할까" 하고 혼잣말을 늘어놓으며 내 전방을 걷기 시작했다.

어떻게 된 일일까. 믿을 수 없다. 내가 만들어낸 낙원을 짓밟다니!

여담이지만 이 길은 나의 사유지이다.

별장으로 향하는 길을 괜찮은 느낌으로 만들고 싶어서 사들인 것이다. 대체 누구의 허락을 받아 이 땅을 더럽히고 있단 말인가. 결코 용서할 수 없다.

나는 분개했다. 그런고로 마녀에게 의연한 태도로 이렇게 말해 주었다.

"저, 저어어어어어어어기이…… 거, 거기, 내내내내내내내내, 내 사유지——."

…………….

이런!

나는 미인인 여성에게는 약하단 말이다.

완벽을 추구하는 나에게 있어 유일하게 어찌할 수 없는 결점이라 말해도 좋았다. 이쪽을 돌아보는 그녀는 무척이나 의아하다는 표정을 짓고 있었다. 내 생애에 만나왔던 미인 여성은 대체로 성격이 강하고, 타인의 지적 같은 건 알 바 아니라는 듯 외면하는 사람들뿐이었다. 분명 그녀도 그럴 것이 틀림없다. 무심코 말을 건 것을 나는 몹시 후회했다. 어차피 내 길의 훌륭함도 이해하지 못할 것이 틀림없다.

"응? 여기, 당신의 사유야? 미안해. 그런 줄도 모르고 멋대로 들어와 버렸네. 그런데, 정말 아름다운 곳이야."

"좋아해."

"뭐?"

알기 쉽게 당황스럽게 만들어버렸다.

맹렬하게 반성이다. 사실 나에게 있어 완벽한 길이라 해도 타인이 들어온 것은 처음 있는 일이었다. 그녀같이 매너 좋고, 나의 완벽한 길의 훌륭함을 이해할 수 있는 아름다운 마음의 소유자라면 얼마든지 환영이다. 나는 변명을 하듯 간곡하게 그녀에게 말했다. 경계하게 해서 미안하다. 그럴 생각은 없었다. 그러나 처음 방문한 손님이 당신이라 다행이다.

그러자 그녀는 고개를 갸웃거리면서 의아하다는 투로, 답했다.

"뭐? 이 길을 꽤 다양한 사람이 이용하는 것 같던데?"

"뭐라고?"

경악스러운 사실.

당황하는 내게 그녀는 길 여기저기를 가리켜 보였다.

"그게, 봐. 이미 발자국이 몇 개나 있잖아."

"정말이네."
"자세히 보면 쓰레기가 버려져 있고."
"이게 무슨 일이야."
"게다가 개똥까지 방치되어 있는 지경이고."
"전혀 첫 손님이 아니었어……."
"그러니까 말했잖아."

분개하는 내게 그녀는 어이없다는 듯이 어깨를 으쓱여 보였다. 내가 완벽하게 정돈해두었을 터인 길은 보면 볼수록 타인의 손때 투성이였다. 믿기 힘든 상황이다.

그 자리에서 무릎부터 풀썩 무너져 내리는 나.

눈앞의 마녀님은 매우 훌륭한 분이었다. 좌절한 내 어깨에 손을 올리고 "왜 그래? 자세한 사정을 들려줄래?"라며 친절하게 상담에 나서준 것이다. 여신인가? 나는 기도하는 듯한 자세로 완벽한 길에 담긴 마음을 이야기했다.

여담이지만 눈앞의 그녀는 재의 마녀. 이름은 빅토리카라고 한단다. 아름다운 그녀에게 딱 어울리는 이름이다.

"괜찮다면 내가 당신의 완벽한 길을 지키기 위한 조언을 해줄까?"

그리고 그녀는 총명한 여성이기도 했다. 아름다운 데다가 머리도 좋다. 신에게 크게 사랑받고 있다. 빅토리카 님은 지금까지 많은 나라에서 사건과 사고를 해결해온 실적이 있으며, 그녀의 조언을 원하는 나라와 사람은 끊이질 않는다고 한다. 운명에 감사드린다.

"참고로 이번엔 특별 서비스로 금화 한 닢 정도로 조언해줄게."

"세상에!"

금화 한 닢. 그 정도면 한동안 호사스럽게 지낼 수 있는 금액이지만, 그녀와 같은 훌륭한 여성에게 조언을 받기 위해서라면 필요 경비라 할 수 있을 것이다. 나는 돈을 건넸다.

그녀는 "이용해주셔서 감사"라며 웃어 보였다.

그리고 해준 조언이 하나.

"뭔가 길의 입구 근처에 간판 같은 걸 세워두면 될 거야."

"간판, 말인가요……!"

놀랐다.

……평범하다.

금화 한 닢이나 냈는데. 나는 돌려줬으면 좋겠다고 생각하면서도 "구체적으로 어떤 간판을 세우면 될까요?" 하고 물어보았다.

그러자 그녀는 "내가 만들어줄게"라며 이쪽으로 윙크를 날리는 것이었다.

"……!"

놀랐다.

조언 하나 해주는 것치고는 조금 비싼 금액을 요구해 온 탓에 경계하고 있었는데, 아무래도 간판 작성까지 전부 포함한 금액이었나 보다. 그렇게 생각하면 이득이다.

그녀는 이어서 익숙한 손놀림으로 지팡이를 휘두르고, 마법으로 간판을 만들어냈다.

"이걸 길 입구에 두도록 해. 간판 하나 둔 것만으로도 효과는 충분히 있을 거야. 상황에 따라서 주의서를 늘려보면 더 좋고."

"오오……."

"예를 들면 개 산책 금지라든가. 쓰레기 투기 금지라든가."

"과아여언……."

한숨을 내쉬면서 고개를 끄덕이는 나.

"그런데 한 가지 괜찮겠습니까?"

"뭔데?"

"방금 간판 작성에 이용한 나무, 제 사유물입니다만."

"어?"

빙글 돌아보는 빅토리카 씨.

길에 자라 있던 나무 한 그루가 뿌리까지 싹둑 잘려 나가 있었다. 상대가 빅토리카 님이라 해도 역시 용납할 수 없었다.

"이건 아무리 그래도 변상을 해주시면 좋겠습니다만……."

"용건이 생각났어. 이쯤에서 실례하기로 할까."

"아니, 저기…… 빅토리카 님?"

"그럼 이만."

빗자루에 올라타 재빠르게 떠나가는 그녀.

"빅토리카 님? 저기, 잠깐…… 도망치지 마아아아아!"

아무 일도 없었던 것처럼 시원스러운 얼굴을 하며 그녀는 빗자루에 올라 날아갔다. 도망치는 속도가 상당히 빠르다. 깨닫고 보니 그녀의 모습은 숲 어딘가로 사라지고 없었다. 일단 나는 간판의 주의서에 『재의 마녀의 출입을 금지한다』라고 써두기로 했다.

그러나 분하게도 그녀의 말은 일리가 있었던 모양이다.

그 후, 그녀의 조언대로 간판을 세우고 내 길을 감시하기로 했는데, 확실히 간판을 본 순간 발길을 돌려 다른 길로 가는 사람이 늘어났다. 성가신 일은 피하고 싶다고 생각하는 것이 평범한 인간이다. 어떤 의미에서는 당연한 반응이라 할 수 있었다.

물론 간판을 읽고서도 "딱히 위반 행위를 하지 않으면…… 들어가도 괜찮은 거겠지?"라고 판단해 길을 나아가는 사람도 있었다.

나는 결코 길의 출입 자체를 거부하고 싶은 것이 아니다.

오히려 양식 있는 사람의 방문은 대환영이다. 나는 뒤에서 통행인을 바라보면서도, 예의 바르게 이용해주는 그들의 바른 행동거지에 감탄했다. 세상도 아직은 살 만하다.

"담배에 관한 주의서가 없다, 는 건 흡연은 오케이라는 거겠지……."

………….

때때로 이러한 도덕성 없는 인간도 왔다.

금발의 마법사로, 거친 분위기의 여성이었다.

나는 곧장 그녀 앞으로 뛰쳐나가 항의했다.

괜찮을 리가 없잖아, 이 멍청이. 애초에 남의 사유지에서 멋대로 담배를 피우는 것 자체가 어떻게 된 거 아냐? 머리 깊숙한 곳까지 담배에 침식당해버린 거냐?

대략 이런 내용을 의연한 태도로 말했던 것 같다.

"저, 저기이이이이이이…… 그으…… 담배……."

"으응? ……여기 담배 금지야? 그럼 간판에 써놔 달라고. 당연히 흡연 오케이인가 했잖아.”

아무래도 내가 주의를 준 것이 효과가 있었나 보다.

어깨를 으쓱이면서 휴대용 재떨이에 불을 끄는 여자. 그리고 가벼운 대화를 나눠보니, 아무래도 그녀는 어두운 밤의 마녀라고 불리는 사람인 모양이었다. 이름은 실라. 주의를 준 내게 그녀는 가볍게 고개를 숙이면서.

“미안했다.”

그렇게 사과해주었다.

어쩌면 겉모습만 나빠 보일 뿐, 속은 착한 사람일지도 모른다. 자세히 보니 미인이다. 그럼 분명 좋은 사람일 것이다.

“간판, 괜찮다면 추가로 써 넣어줘.”

그녀의 말도 일리가 있다.

내가 놓아둔 간판은 지극히 간결해서, 최소한의 주의 사항만 적혀 있다. 일상적으로 니코틴을 섭취하는 그녀로서는 금지되어 있지 않은 이상 담배를 피워도 괜찮다고 판단해버리는 것도 무리는 아닌 이야기인 것이 아닐까.

세상에 사는 사람은 다종다양. 이건 규칙을 만드는 쪽 사람인 내가 유연하게 대응해야만 하리라. 나는 간판에 주의 사항을 하나 추가했다.

『내 길에서는 흡연을 금지한다.』

길을 감시하게 되고 비로소 알게 된 것이 있다.

세상에 사는 사람이 다종다양하다고는 하나, 아무래도 내가 만든 완벽한 길은 많은 사람에게 주목을 받게 되고 만 모양이었다. 어쩌면 나라와 나라 사이의 딱 좋은 위치에 있는 것도 관계가 있는지도 모른다—— 매일 많은 사람이 내 길을 찾아왔다.

어떤 때는 내 길 위에 멋대로 작물 씨앗을 버리는 자가 나타났다. 싹이 트면 어쩌려고. 나는 곧장 간판에 『씨를 뿌리지 마세요』라고 추가했다.

어떤 때는 길 중간에 독서를 하기 위해 길게 눌러앉아 있는 사람도 있었다. 솔직히 방해된다. 나는 곧장 『길 중간에서 책을 읽지 마세요』라고 추가했다.

또 어떤 때는 놀랍게도 길 중간에 자리를 잡고 사는 사람까지 나타났다. 내 길이 너무나도 훌륭하고 살기 좋아서 자리를 잡아버린 모양이었다. 기쁜 이야기지만 경관을 위해서도 눌러앉아 사는 것은 곤란하다. 나는 새롭게 『여기 살지 마세요』라고 조항을 추가했다.

그리고 다시 또 어떤 때는……(이하 수십 페이지에 걸친 조항을 추가한 과정이 기록되어 있다).

나는 매일같이 조항을 계속해서 추가했다.

점차 내가 만들어낸 길은 항간에서 '입구가 보이지 않는 오솔길'이라고 불리게 되었다. 어째선지 알겠는가?

평범하게 조항이 너무 많아진 탓에 입구가 간판들로 뒤덮여버렸기 때문이다.

“이래서는 곤란한걸.”

나는 알기 쉽게 머리를 끌어안게 되었다.

수많은 조항을 추가하다 보니, 훌륭한 사람이 아니면 내 길을 지나다닐 수 없게 되었다. 그러나, 하지만 애초에 입구를 모르는 탓에 아무도 들어올 수 없게 되어버린 것이다.

나를 위해 만들어낸 아름다운 길이었을 터인데 깨닫고 보니 눈앞에 펼쳐진 것은 아름다움과는 인연이 없는 혼돈 속 간판의 산. 아름답지 않다. 완벽이란 추구하면 추구할수록 멀어지는 꿈 같은 것일까.

“그런고로, 어떻게 하면 좋을까요?”

몹시도 난처해진 나는 어느 날, 내 길을 방문한 여행자에게 조언을 구하기로 했다.

총명한 제군이라면 여기서 “어이 어이, 전에 재의 마녀에게 조언을 요청하고 돈을 빼앗겼던 걸 잊은 거야?”라고 참견할 테지만, 그러나 잠시 기다려주었으면 한다.

분명 나는 전에 비슷한 실수를 저질렀으나, 그러나 그것은 아직 간판을 하나도 세우지 않았을 때의 이야기. 훌륭한 사람부터 근처 돌멩이 같은 인간성을 가진 사람까지 자유롭게 드나들 수 있었던 시대의 이야기다.

지금은 다르다.

“과연…… 즉, 이 간판을 어떻게 좀 하고 싶다, 라는 말인 거죠?”

눈앞의 그녀는 나의 상담에 가볍게 고개를 끄덕여주었다.

별무리의 마녀라는 이름의 그녀는 이 주변을 여행하고 있는 여행자이자 마녀라고 한다. 키는 크고, 생김새는 아름답고, 그러면서도 태도는 부드럽다. 겉과 속이 다르지 않을 듯한 풍모를 가졌다. 과거 나를 속이고 돈을 뜯어냈던 재의 마녀와는 정반대에 있는 그런 여성이라 해도 과언이 아니다.

놀랍게도 별무리의 마녀님은 상담을 무료로 맡아주겠다고 했다. 겉모습만이 아니라 마음까지도 아름답다. 반할 것 같다.

그리고 내가 넋을 잃고 보고 있으려니, 그녀는 간단히 한마디 말을 하사해주었다.

"그렇다면, 이런 건 어떨까요——."

그리고 그녀가 말했다.

나는 벼락을 맞은 듯한 충격을 받았다——.

이 책을 쓰는 데 있어 협력을 해주신 별무리의 마녀, 프랑 님에게 진심으로 감사를 드리고 싶다.

그분의 눈앞에는 아마도 훌륭한 길이 보이고 있는 것이리라. 책 속에 나온 나의 길이란 즉 눈앞에 펼쳐진 아름다운 경치를 말하며, 그리고 나의 길을 건너는 데 있어서의 주의 사항이란 즉 이 책 속에서 간판에 추가되었던 말들을 가리킨다.

프랑 님께 받은 조언은 다음과 같다.

"주의 사항을 책으로 만들어버리면 되지 않을까요?"

책으로 만든다.

주의 사항을?

당시의 나는 그녀의 말을 잘 받아들이지 못했고, "그건…… 무슨 뜻인가요?"라며 고개를 갸우뚱거렸다. 그러나 나의 학식이 아무리 부족하다 해도 그녀는 친절하게 길을 알려주었다.

"주의 사항이라는 건 많으면 많을수록 읽는 게 성가셔지고, 대충 넘겨버리게 되잖아요? 중요한 걸 써두었는데 읽어주지 않는다. 장소를 관리하는 입장에서 그것은 매우 곤란한 사태일 겁니다. 그러니 주의 사항 같지 않은 주의 사항을 만들어버리면 되는 거죠. 예를 들면 이런 걸 써서."

말하면서 그녀는 가방에서 책을 한 권 꺼냈다.

나는 경계했다.

재의 마녀라면 여기서 "이 책을 갖고 싶으면 돈을 지불해"라고 속삭일 법한 장면이다.

그러나 별무리의 마녀님은 이때도 아름답게 미소 지었다.

"자, 받으세요. 마침 여분이 있으니까, 이 책은 드릴게요."

"결혼해주십시오."

"네?"

어리둥절해하는 별무리의 마녀님. 난처해하는 얼굴도 역시 아름다——그게 아니라, 받아 든 책에 관해 질문해야만 한다. 이걸 어떻게 쓰면 되는 것일까?

고개를 갸웃거리는 내게 그녀는 친절하게 이야기해주었다.

"이 책에 당신 자신의 이야기를 써보세요. 이 길에 들인 마음을, 이 길이 완성된 후에 일어난 일을 자세하게, 가능한 한 이야기로서 성립되도록, 적어보는 겁니다."

그리고 자신의 이야기를 다 쓰면 길의 입구에 놓아둔다.

그것이 바로 그녀가 만들어낸 획기적인 대책이었다.

이 길에서 사람과 만날 때마다 나는 입구에 주의 사항을 늘려 나갔었다.

즉, 여러 만남들이 주의 사항이었고, 하나하나를 이야기 속에 담아둠으로써 자연스레 주의 사항을 읽게 되는 것이다.

예를 들면, 바로 지금처럼.

"가능한 한 설교처럼 되지 않게, 때때로 유머를 섞어가며 써보면 좋을지도 모르겠네요."

"과연."

총명한 제군이라면 이미 깨달았으리라.

제군이 읽고 있는 이 책이 바로 내가 과거 입구에 늘어놓았던 주의 사항들이며, 이 책을 읽음으로써 자연스럽게 자신이 길을 지나기에 걸맞은 인간인지 아닌지를 판별할 수 있게 되는 것이다.

별무리의 마녀님 덕분에 간판의 대부분은 철거했다.

『길을 지나가기 전에 이 이야기를 읽어주세요.』

현재, 길 입구 앞에 놓여 있는 간판은 이것 하나뿐이다. 그리고 이 책 속에는, 길에 걸맞지 않은 사람이 전부 적혀 있다.

내 길은 이리하여 진정한 의미에서 완벽한 상태를 만들어내는 데 성공했던 것이다.

앞으로, 두 번 다시, 내 길에 무엄한 자가 지나가는 일은 없으리라.

○

숲의 오솔길을 느긋하게 걷는 여성이 한 명 있었습니다.

머리카락은 잿빛, 눈동자는 유리색, 숲의 나무들이 "엄청 귀엽잖아……"라며 사락사락 속삭이는 소리를 내는 것을 흘끗 보면서 느긋하게 산책하는 것은 여행자이자 마녀이기도 했습니다.

대체 누구일까요?

그렇습니다. 저입니다.

"분명 이쯤일 텐데요——."

사실, 최근 어떤 소문을 언뜻 들었습니다.

나라와 나라 사이에 있는 숲속.

뭔가 묘하게 포장된 길이 있다나요. 그것은 아주 아름답고, 무심코 천천히 걷고 싶어질 만큼 훌륭한 곳이라나요.

그저 길일 뿐인데 조금 과장이 심한 이야기지 않은가요? 정말로 그런 곳이 있을까요?

반신반의.

반쯤 재미 삼아.

아무튼 저는 예의 그 장소까지 여행 도중에 훌쩍 들러보기로 했습니다.

"여긴가요."

소문에 따르면, 오솔길 입구 부근에는 주의서가 하나.

『길을 지나가기 전에 이 이야기를 읽어주세요.』

그렇게 쓰여 있다고 합니다. 그리고 실제로 있었습니다—— 제가 멈춰 선 앞에, 간판과 책 한 권이 어서 읽어주세요 하고 말을 걸어오듯 놓여 있었습니다. 무엇이 쓰여 있을까요? 이 길에 얽힌 일화일까요? 어쩌면 무엇 하나 특별할 것 없는 이 길이 인기 관광지가 되기까지의 이야기가 적혀 있을지도 모릅니다.

조금 흥미롭군요.

"……흐음."

그래서 저는 이끌리는 대로.

책을 향해 손을 뻗었습니다――.

숲속, 묘하게 포장되어 있는 길을 본 적 있는가.

죽 늘어선 아름다운 나무들. 자세히 보면 그 모든 가지가 딱 적당한 상태로 다듬어져 있다.

마치 자로 잰 것처럼 곧게 뻗어 있는 길. 쓰레기도 없고, 쓸데없는 풀도 일절 없다. 무엇 하나 특별할 것 없는 길이지만, 탁 트인 푸른 하늘이 펼쳐져 있는 오늘 같은 날에 걸어보면 아주 기분 좋다.

"이거, 뭔가 너무 기네요."

저는 책을 탁 덮고 한숨을 한 번. 읽기 귀찮았기 때문에 그대로 훌쩍 길 안으로 걸음을 들여놓았습니다.

마녀의 여행
THE JOURNEY OF ELAINA 21

"죄송합니다. 다시 한번 말씀해주시겠습니까?"

저는 고개를 갸웃거리면서 말했습니다.

네에? 하고 목소리가 새어 나오기까지 했습니다.

영문을 알 수 없는 상황에 제 머리가 한계에 다다랐던 것입니다.

무슨 일이 있었는지를 순서대로 돌이켜보도록 하죠.

사건의 발단은 여행 도중 '맺어지는 노에티라'인가 하는 이름의 나라 문 앞으로 빗자루를 타고 내려간 직후의 일.

"오오, 여행자분이십니까? 이쪽으로 오시죠."

"네에."

입국 심사를 마치고 관광을 하기도 전에, 저는 어째선지 문지기 병사들에게 이끌려 나라의 공적 기관까지 연행되었습니다.

멋대로 나라 안을 돌아다니지 말라고 말하는 듯한 대처라고도 할 수 있겠군요.

그러나 저로 말하자면 여행자이자 마녀이기도 한지라, 고민거리를 끌어안고 있는 나라의 관리님이 우연히 나라를 찾아온 마녀의 힘을 빌리고 싶은가 보다 하고 생각하면 그다지 이상한 일도 아니었습니다.

"여기가 우리나라의 연애 관리국입니다."

"네에."

안내되어 간 시설의 이름이 연애 관리국이라고 하는 듣도 보도 못한 곳이라 해도, 뭐 그것도 나라의 특색이라 받아들이면 이해할 수 있습니다. 허용 범위.

이 시점에서 저는 아직 "분명 좀 특이한 나라인가 보네요" 정도로만 생각했습니다.

"안녕하십니까. 일레이나 님. 저는 연애 관리국의 국장, 루룬이라고 합니다."

"네에."

관청에 도착한 직후에 국장이라고 하는 중년 여성이 제 앞에 나타났습니다.

가로 폭이 조금 자유분방한 보디의 그녀는 저를 응접실로 안내하더니.

"분명 이 시설까지 불려 온 이유를 모르실 테죠. 편하게 앉으세요. 차례대로 설명할게요."

그렇게 소파에 앉기를 권했습니다.

이쯤에서도 저는 아직 평상심을 유지하고 있었습니다.

오히려 이제부터 사정이 밝혀지겠구나 하며 조금 설레기까지 했습니다. 보물 상자를 앞에 둔 어린아이가 된 기분.

"자, 우선 이 나라가 세워진 과정부터 설명할게요! 우선 우리나라가 건국된 당시는 정말이지 힘든 시대라──."

설마 나라가 세워진 과정부터 설명할 줄은 상상도 못 했습니다. 보물 상자 안이 텅 비어 있었을 때의 어린아이 같은 표정을 이때의 저는 짓고 있었습니다. 낙담했다고 하는 의미입니다.

그러나 실망을 하면서도 이야기는 제대로 듣는 것이 저라는 사람. 길기만 한 이야기를 간단히 정리해드리죠. 간단히 말하자면, 이 나라는 오래전부터 남성도 여성도 연애나 결혼에 대해 아주아주 소극적이었다나요.

그런 상황을 우려한 이 나라는 어떤 조직을 설립했다고 합니다.

바로 제가 지금 있는 연애 관리국이었습니다.

"우리나라에서는 국민끼리 서로 안심하고 연애와 결혼을 할 수 있도록, 본인의 성격과 취미 기호 같은 온갖 면을 고려한 상태에서 나라가 상대를 추천하는 시스템을 갖추고 있답니다."

"네에."

요컨대 나라가 교제 상대를 정한다, 라는 건가요── 하고 고개를 끄덕이는 저.

"그리고, 가령 나라에서 추천한 운명의 상대와 관계가 잘 진척되지 않은 경우엔 다시 다른 분을 소개해드리게 되어 있습니다. 한 번 연애에 실패한 사람이라도 다시 한번 남과 맺어질 수 있도록 되어 있는 거죠."

"네에."

이쯤에서도 제 머리는 평상심. "어쩐지 이 사람의 체중, 제 배 정도는 될 것 같네요" 같은 생각을 하면서 고개를 끄덕일 정도로는 여유가 있었습니다.

문제는 이 직후였습니다.

"연애 관리국이 만든 제도는, 며칠 체재할 뿐인 여행자님도 그 대상이 되도록 되어 있습니다."

"네에."

"일레이나 님도 이 나라에서 운명의 상대와 관계를 만들어주셔야 합니다."

"네에?"

이리하여 저는 영문을 알 수 없는 상황에 고개를 갸웃거리게 되었던 것입니다.

뭐라고요?

"죄송합니다. 다시 한번 말씀해주시겠습니까?"

국장님은 "네" 하고 가볍게 고개를 끄덕이면서 차근차근 천천히 말했습니다.

"우리나라가 준비한 상대와 만남을 가져주셔야 합니다."

흐음흐음 과연.

저는 생긋 웃으며 말했습니다.

"출국해도 될까요?"

○

실패했습니다.

"어째서 이런 꼴이……."

'맺어지는 노에티라'에서 가장 유명한 만남의 장소── 행복의 다리라고 불리는 장소에서, 대략 행복과는 연이 없을 듯한 한숨을 내쉬면서 꾁두서니빛 하늘을 올려다보는 마녀가 한 명 있었습니다.

그것은 대체 누구일까요?

그렇습니다. 저입니다.

"연인 같은 거 만들고 싶지 않은데요……."

그래서 저는 연애 관리국으로 연행되어 가서 나라의 사정을 들은 직후에 제법 진심으로 출국을 신청해보았습니다만, 아무래도 장사를 위해 찾아왔을 뿐인 상인들과 달리, 나라 안에서 며칠 동안 어슬렁어슬렁할 뿐인 여행자는 국민과 같은 취급을 받게 되는 모양입니다. 씁쓸한 표정을 짓던 국장님의 모습이 머릿속을 스쳐갔습니다.

"우리나라는 성인이 되면 운명의 상대와 동반하지 않으면 출국할 수 없다고 정해져 있는지라……."

아무래도 그런 규칙이 저 같은 여행자에게도 적용되나 봅니다.

즉, 한 번 입국한 시점에서 운명의 상대와 연애 관계를 만들지 않는 한은 정식적인 방법으로는 나갈 수 없게 된다는 것입니다.

이 무슨 융통성 없는 제도인가요.

"그런고로 일레이나 님! 상대를 찾기 위해 몇 가지 테스트를 받아주세요! 당신은 어떤 분이랑 어울리려나요? 얼굴도 예쁘니까, 분명 멋진 상대를 찾을 수 있을 거예요!"

연애 이야기에 신이 난 여학생처럼 설레어하면서, 국장님은 제게 몇 가지 테스트를 받게 했습니다.

그것은 간단한 앙케트이거나, 목적을 잘 알 수 없는 심리 테스트이거나, 계산 문제이거나, 그리고 신체 능력을 재는 테스트이거나―― 대체 어떠한 기준으로 최적의 연인을 찾아내는 것인지 정말 의문입니다만, 아무튼 온갖 테스트를 받았습니다.

그 결과, 풀려났을 때는 저녁이 되어 있었습니다.

"자아! 테스트는 이걸로 끝이에요! 고생하셨습니다! 그럼, 지정된 만남의 장소에서 기다려주세요! 일레이나 님의 연인이 될 만한 분을 그쪽으로 보낼게요!"

…………….

뇌리에 남은 국장님의 기뻐하는 표정을 지워버리듯 손을 휘두르면서 저는 주변을 둘러보았습니다.

지정된 장소는 행복의 다리.

제가 서 있는 이곳은 이 나라에 있어 많은 연인들을 맺어준 성지라고 합니다.

저 같은 떠돌이의 입장에서는 받아들이기 어려운 기묘한 제도입니다만, 나라에 사는 사람들의 평판은 나쁘지 않은 것인지도 모릅니다.

저와는 대략 정반대인 즐거운 표정을 한 커플이 주변에 여럿 계셨습니다.

"저기, 기억해? 우리, 여기서 처음 만났잖아."

"당연히 기억하지. 그때는 서로 긴장했었는데."

예를 들어 그것은 손과 손을 맞잡고 걷는 사람들이거나.

"이 다리에 두 사람의 소원을 담아 자물쇠를 걸면 관계가 좋아진다던데."

"꼭 걸어두자! 두 사람의 만남을 기념해서!"

혹은 만난 지 얼마 안 된 풋풋한 두 사람이거나.

그 자리에 있는 것은 대부분 행복해 보이는 모습의 커플들.

나라의 제도를 통해 사귀게 된 커플들일 테지요.

"봐! 있어! 전에 왔을 때 둘이서 건 자물쇠야." "어? 이거 다른 여자 이름이 쓰여 있잖아." "아, 미안. 이거 전 운명의 사람이랑 왔을 때 했던 거다." "…………."

그중에는 연인 특유의 조금 껄끄러운 침묵에 휩싸인 두 사람도 있었습니다만.

아무튼 멍하니 혼자 서 있는 것은 저 한 사람뿐.

"……흐음."

기다리는 동안, 시간이 남은 저는 손거울을 꺼내 매무새를 정돈하기 시작했습니다. 그 모습은 마치 약속 시간에 잘 늦는 연인을 기다리고 있는 애처로운 소녀.

그리고 거울에 비친 것은 미소녀.

"역시 오늘도 저는 귀엽네요……."

주문처럼 소리 내 말했습니다.

제 운명의 상대가 될 만한 분이 가령 정말로 실재한다고 한다면, 아마도 그것은 이 나라에서 가장 행운 넘치는 분일 것이 틀림없습니다.

다른 이야기입니다만 저는 제법 단정한 생김새를 하고 있는지, 길을 걸으면 경박한 남성이 말을 걸어오는 일도 드물지 않습니다. 여기가 타국이었다면 이미 두세 명에게 식사 권유 같은 것을 받았을 겁니다.

그러나 현시점에서는 누구 한 사람도 말을 걸어오지 않았습니다.

운명의 상대가 어딘가에 있다고 이해하고 있는 이 나라의 사람들에게는, 운을 하늘에 맡기고 잘 알지도 못하는 이성에게 접근한다는 건 생각할 수 없는 사태인지도 모릅니다.

그래서 제게 말을 걸어오는 사람이 없는 것일 테지요.

그러한 상황은 지금의 저에게 있어서는 좋은 기회가 틀림없었습니다.

단독으로 이쪽을 향해 다가오는 사람이 있다면, 그것은 분명 제 운명의 상대라는 뜻일 테니까요.

"…………."

거울을 바라보면서 머리 모양을 정리하고, 저는 다시 국장님과의 대화를 떠올렸습니다.

가로 폭이 자랑인 그녀는 테스트를 일단 마친 후에 제게 이러한 말을 던졌던 것입니다.

"이런 테스트만으로 운명의 상대를 알 수 있는 것인지, 의아하시죠?"

"그러네요."

저는 고개를 끄덕였습니다.

"운명의 상대를 알 수 있는지 없는지 이전에, 애초에 저는 연애를 할 마음 같은 건 전혀 없는지라, 이 나라에서 결혼해 가정을 이루는 일 같은 건 없을 겁니다."

딱 잘라 말하는 제게 국장님은 여전히 미소를 지어 보이고 계셨습니다.

"후후후, 괜찮아요! 처음엔 연애할 마음이 없어도, 상대와 함께 있다 보면 분명 그런 마음이 생길 테니까요. 상대와 사이좋게 출국할 수 있기를 기도할게요!"

"그렇게는 안 될 거라고 생각합니다만."

노골적으로 싫은 얼굴을 하는 저.

"애초에 저는 보시는 바와 같이 혼자 여행을 하고 있는 몸인지라, 출국도 혼자 하고 싶습니다만."

진심으로 싫어하고 있다는 것이 이쯤에서야 겨우 국장님에게도 전해졌나 봅니다. 그녀는 제 쪽으로 바짝 다가오더니, 아무에게도 들리지 않게 몰래 가르쳐주었습니다.

"만약 무슨 일이 있어도 혼자이고 싶은 경우엔 나중에, 당국에 운명의 사람과의 관계 해제 신청을 해주세요."

"해제 신청."

인간관계의 이야기가 갑자기 사무적이 되었군요.

"해제 신청을 하면 일시적으로 운명의 상대와의 관계를 끊을 수 있고, 특례적으로 단독 출국할 수 있게 됩니다."

뭐라고요?

"어째서 단독으로 나갈 수 있게 되는 건가요?"

"다툼으로 인한 일시적인 별거라는 취급이 되기 때문이죠."

요컨대 싸우는 중이기 때문에 일시적으로 거리를 두고 싶다, 라는 명목으로 나라에서 도망칠 수 있게 된다는 것이로군요.

"완전히 헤어지는 건 불가능한가요?"

"절연이 되기 때문에 새로운 운명의 상대를 배당받게 될 리스크도 있고, 무엇보다 헤어지기 위해 연애 관리국이 며칠에 걸쳐 조사를 하게 되거든요."

"네에……."

그건 조금 성가시네요.

"서둘러 나라에서 나가고 싶으신 거라면, 해제 신청을 하고 그대로 나라로 돌아오지 않는 게 제일 좋은 방법이에요."

그러나 이 신청을 하기 위해서는 조건이 있다고 합니다.

"참고로 해제 신청을 하기 위해서는 두 사람의 서명이 필요해요. 쌍방의 합의가 있어야만 비로소 해제 신청이 성립되는 거죠."

"과연."

즉, 상대에게 미움을 받으면 저도 자유의 몸으로 돌아갈 수 있다는 거로군요.

서류상으로는 완전히 상대와의 관계가 끊어지지 않는 모양이지만, 두 번 다시 이 나라로 돌아오지 않는다면 문제없을 테지요.

조금 성가신 나라의 규칙을 머릿속으로 간결하게 정리하면서, 저는 자신의 품으로 손을 넣었습니다.

상대방분에게 협력을 부탁드리고 함께 나라에서 나갈 것인가.

아니면 상대방분에게 해제 신청을 요청할 것인가.

제가 나라에서 나가기 위한 수단은 대략 그 두 가지.

그리고 아마도 후자 쪽이 빠르고 간단하고, 저 자신도 자유롭게 행동할 수 있을 테죠── 상대에게 쓸데없는 수고를 끼칠 일도 없을 테고요.

무엇보다 함께 나라에서 나가게 해주는 대가를 요구하기라도 하면 귀찮으니까요.

그런고로 저는 운명의 상대와 약속해 만나기 전에, 편리한 도구를 하나 준비해두었습니다.

싫어지는 약.

하얀 액체가 담긴 작은 병에는 그러한 라벨이 붙어 있습니다.

이 작은 병 안에 있는 약이 뿌려진 자는, 모든 것에 대해 느끼는 싫은 감정이 증폭됩니다. 간결하게 말하자면 '싫다'라는 감정이 커지는 약.

서둘러 만들었기 때문에 효과 시간은 짧지만, 이번엔 이 약을 쓰고 살짝 못살게 굴어서 상대에게 미움을 받기로 하지요.

"——저기."

손거울 너머—— 등 뒤에서 말을 걸어온 것은, 그렇게 이런저런 준비를 마친 후의 일이었습니다.

"…………."

손거울은 덮으면서 침묵으로 답하는 저.

싫어지는 약은 즉석에서 준비한 물건인 탓에 커다란 결점이 두 개 있었습니다.

우선 첫 번째.

약에서 강렬한 냄새가 난다는 점.

작은 병을 열면 비린내가 주변에 퍼지고 최악의 기분이 됩니다.

"——혹시, 당신이 일레이나 씨?"

그리고 두 번째.

이 약은 반드시 대상자에게 구석구석 빈틈없이 뿌리지 않으면 효과가 없습니다. 마시게 하는 것도 아니고, 위에서 들이붓는 것도 아니고, 안개 상태로 해서 뿌려드려야만 합니다.

그런 연유로.

저는 지팡이를 꺼냈습니다.

"제가 바로 일레이나입니다만."

빙글 돌아서는 저.

그리고 동시에 저는 에잇 하며 지팡이를 휘둘렀고, 작은 병의 내용물을 안개 상태로 바꾸어서 뿌려보았습니다.

상대의 온몸을 감싸는 하얀 안개.

"끄아아아아아아아아아아아아아아아아아아아아아아악!"

아마도 이 나라에서 가장 최악의 첫 만남일 테지요. 상대방분은 이 나라에서 지금 가장 불행한 인물일 것이 틀림없습니다.

조금 면목 없는 짓을 했다고 하는 자책감은 있었습니다.

"죄송합니다. 하지만 이게, 서로에게 제일 편한 방법일 겁니다……."

가볍게 사과하면서 저는 고개를 숙였습니다.

그러고 보니 상대는 어떠한 분일까요? 손거울 너머로는 전체상을 제대로 파악할 수 없었습니다만.

"…………."

아무 말 없이 제가 지켜보는 가운데, 하얀 안개가 서서히 걷혀갔습니다.

떠오른 것은 하나의 인영.

"어, 어떻게 된 거야……?"

어깨에 닿을 정도의 남색 머리카락.

나이는 20대 초반 정도 되었을 테지요. 몸에 걸친 것은 심플한 롱 원피스. 그것뿐이라면 상당히 세련된 여성이라는 할 수 있는 풍모였지만, 어깨에 화려한 무늬의 재킷을 걸치고 있어 수수한 것인지 화려한 것인지 잘 알 수 없는 차림새.

제 앞에서 아주아주 싫다는 표정을 짓고 있던 것은, 그러한 외모를 가진 여성이었던 것입니다.

○

이게 제 운명이 상대인 것일까요?

"가, 갑자기 뭐야……?"

그렇게 항의의 목소리를 내는 그녀.

이때 저는 눈을 가늘게 뜨며 의아한 표정을 짓고 있었으리라 생각합니다.

설마 여성이 올 거라고는 상상도 못 했습니다만, 무엇보다 그 생김새, 목소리, 키, 체형, 머리 모양, 패션, 하나부터 열까지 무얼 꼽아도 딱 와 닿는 것이 없었던 것입니다.

어린 여성들 사이에서는 '이 사람이 운명의 상대다' 하고 만난 순간 확신하게 된다는 이야기가 있다고 들었습니다만.

하지만 눈앞의 그녀는 어떤가요.

흐으음 하고 새삼스레 바라본 후에, 저는 말했습니다.

저 정도 되는 여행자의 상대이니, 상대는 이 나라에서 가장 멋진 사람이 아니면 걸맞지 않습니다.

그러니까 즉, 눈앞에 있는 그녀야말로 이 나라에서 제일인 분이라는 뜻이 됩니다만.

"제가 더 미인이네요……."

훗 하고 코웃음을 치는 저.

"에에에에에에에에에에엑……?"

한편 그녀는 무척이나 당혹스러워하고 있었습니다.

"갑자기 이상한 안개를 뿌리더니 이번에는 갑자기 비방? 요즘 여행자는 어떻게 된 거야?"

"싫어졌나요?"

"좋고 싫고 이전에 당황 쪽이 더 크거든……."

첫 대면에서 최악의 인상을 주면 아마도 일단 저를 싫어하게 되리라고 생각했습니다만, 아무래도 지나쳤나 봅니다.

반성해야겠군요.

"흐음……."

그러나 초조해할 필요는 없습니다. 아마도 약효가 돌기 시작하면 그녀는 제 얼굴을 보기만 해도 싫은 기분이 들 겁니다.

"일단 자기소개를 하죠. 제 이름은 일레이나. 보시다시피 절세 미인입니다."

손을 내미는 저.

"아, 으응……."

애매하게 고개를 끄덕이면서 그녀는 이쪽으로 손을 내밀었습니다.

"내 이름은 미레이유. 저기, 잘 부탁해……?"

"네, 잘 부탁드립니다."

그럼 인사 대신에 최악의 질문을 해드리지요.

저는 후후후 하고 수상쩍게 웃으면서 말했습니다.

"그나저나 직업은? 연봉은 어느 정도인지?"

"대체 뭔데……?"

당황하는 미레이유 씨.

저와 그녀.

아마도 이 나라에서 가장 지독할 터인 만남이 거기에 있었습니다.

○

말하길 그녀는 연애 관리국── 제게 이 나라의 규칙을 강제해온 조직에 소속되어 있다고 합니다.

자세히 보니 그녀가 걸친 화려한 무늬의 재킷은 입국 직후에 만났던 국장님이 입고 있던 것과 같았습니다.

"그럼 연봉은 꽤 높겠네요."

"아니 그냥 평범한데……."

"와우. 부자."

"대체 뭔데……?"

당혹스러워하는 그녀를 앞에 두고 저는 생각했습니다.

설령 운명의 상대로 정해진 상대가 사람 좋아 보이는 여성이라고 해도, 제가 해야 할 일은 달라지지 않습니다.

약을 뿌려버린 이상 효과가 다할 때까지는 함께 있어야만 하며, 그리고 효과가 다하기 전에 그녀에게 미움을 받아야만 합니다.

"다른 이야기입니다만, 잠시 데이트라도 해볼까요?"

그런고로.

그럼 여기서 제가 사전에 계획했던 최저 최악이라 두 번 다시 보고 싶지 않게 될 만한 데이트 플랜을 보여드리도록 하죠.

"허억…… 허억……."

곧이어 제가 빌린 숙소 안.

미레이유 씨의 뜨거운 숨결이 침대 위에서 새어 나오고 있었습니다. 만난 지 얼마 안 된 두 사람. 시트는 땀으로 물들었고, 실내는 묘한 열기로 가득했습니다.

저는 창문을 열면서 그녀를 향해 냉담하게 말했습니다.

"페이스가 떨어지고 있어요. 더 열심히 해주세요."

침대 위의 그녀는 괴로운 듯 꿈틀대면서도 "아, 알았어……!" 하고 상체를 일으켰습니다.

그렇습니다. 근육 운동입니다.

제가 생각하는 한, 첫 데이트에서 첫 대면인 사람을 방으로 불러들여서는 안 되며, 그리고 자신의 취미를 강요하는 짓도 금지라고 할 수 있었습니다.

그런고로 저는 생각한 끝에, 첫 데이트 플랜으로 다음과 같은 내용을 제안했던 것입니다.

"실은 저, 특이한 포즈를 취하고 있는 사람을 그리는 게 취미거

©Azure

든요."

그러한 말과 함께 그녀를 방으로 데리고 온 저는 침대 위에서 근육 운동을 하도록 지시했습니다. 그녀가 고통스러운 표정을 짓는 모습을 바라보면서 그림을 그리고, 제게 질려버리기를 기다렸습니다.

어떠신가요?

제가 싫어지셨나요?

상당히 싫어지셨겠죠?

한바탕 그림 그리기를 마친 뒤에 저는 힐끗 침대 위를 바라보았습니다.

"후우……."

땀범벅이 된 그녀는 크게 한숨을 내쉬더니.

말했습니다.

"오랜만에 몸을 쓴 건데, 꽤 좋은걸!"

"네?"

어째선지 상쾌한 표정을 짓고 있는 그녀의 모습에 저는 상당히 당황했습니다.

혹시 아직 약의 효과가 생기지 않은 걸까요?

어쩔 수 없군요――.

"그림 그리는 건 이제 질렸으니까, 다음으로 가죠."

저는 그녀를 데리고서 숙소를 나섰습니다.

그런고로 두 번째 장소.

"꺄아아아아아아아아아아아아아아아아아아!"

첨버어엉!

격렬한 물보라가 주변으로 튀었습니다.

흘린 땀을 말리기 위해, 저희가 향해 간 곳은 마을의 광장. 커다란 분수 앞.

저는 거기서 "지금부터 어느 한쪽이 분수에 빠질 때까지 서로를 미는 게임을 하죠"라고 권했던 것입니다.

그리고 당연하게도 저는 마법으로 꼼수를 썼습니다.

분수에 다이브 하는 미레이유 씨. 그리고 그 모습을 냉담하게 내려다보는 저.

모처럼의 데이트를 위해 입고 온 옷은 물에 젖었고, 머리 모양도 망가지고 말았습니다.

이것은 상당히 최악의 상태가 아닐까요?

어떠신가요?

"하하하하하! 기분 좋아!"

"네?"

어째선지 기분 좋은 듯 물속에서 둥실대는 그녀의 모습이 거기에는 있었습니다.

"요즘 일만 하느라 이렇게 놀지를 못해서 아주 재미있는걸. 고마워!"

심지어 오히려 좀 즐거운 듯, 그녀 안에서 제 평가가 올라가 버린 것 같은 느낌까지 들었습니다.

아무래도 상상 이상으로 속이 깊은 분일지도 모르겠습니다.

"우으으."

강적이로군요…….

세 번째 장소부터는 취향을 조금 바꿔서, 그녀에게 최악의 경험을 하게 해드리기로 했습니다.

"……실은 저, 늘 바람을 피우지 않으면 살아갈 수 없는 천성을 갖고 있습니다."

옷을 마법으로 말려드린 후에 데려간 찻집에서.

저는 진지한 얼굴로 그녀에게 고백했습니다.

미움받는 방법은 다종다양.

그녀 자신에게 나쁜 경험을 하게 하지 않아도, 제가 최저 최악의 인간이라는 인상을 주면 저절로 그녀 쪽에서 저를 싫어해 줄 겁니다.

"그, 그렇구나……."

저의 갑작스러운 고백에 그녀의 표정은 어두워졌습니다.

어느 정도 효과가 있었나 봅니다.

"참고로 저는 엄청나게 쓰레기 같은 인간으로, 연인에게 태연하게 돈을 요구할 뿐 아니라, 도박에 돈을 모조리 날리고, 그러면서 반성은 일절 하지 않으면서 살고 있습니다."

추가타를 날리듯이 저는 고개를 끄덕이며 말했습니다.

지금 제게는 앞으로 일어날 미래가 보입니다.

『그런 사람인 줄은 몰랐어! 최악이야!』

저를 거부하는 그녀.

『저희는 전혀 운명의 상대가 아닌 것 같지 않은가요?』

『그래! 연을 끊자!』

『그럼 저희 인연은 여기까지인 걸로.』

해제 신청서에 은근슬쩍 사인을 받는 저.

이리하여 저희는 사이좋게 파국에 이르게 됩니다. 해피엔딩.

——아마도 이렇게 될 테지요.

자유의 몸을 눈앞에 둔 저는 조용히 미소를 지었습니다.

"그렇구나……."

그리고 그녀는 제 눈을 바라보더니.

손을 잡으며, 말했습니다.

"얘기해줘서 고마워! 자신의 단점을 남에게 밝히는 건 쉽게 할 수 있는 일이 아닌데. 너는 정말 대단해!"

그것은 마치 모든 죄를 감싸안는 성모의 모습. 손을 잡혔을 뿐인데 어째선지 품에 안겨 있는 듯한 착각이 들 만큼의 온기가 느껴졌습니다.

그녀는 저의 어찌할 도리도 없는 단점(허위 신고)까지 다정하게 받아들이고 말았습니다.

………….

아니 아니 아니 아니.

저는 말했습니다.

"대체 뭡니까……?"

그 후 저는 온갖 수를 다 써서 저에 대한 평가를 떨어뜨리려 했습니다.

예를 들면 이어서 찻집에서.

"저, 블랙커피를 마시는 인간과는 사귈 수 없습니다."
그녀의 커피에 우유를 콸콸 부었습니다.
"와아. 고마워. 마침 부드러운 게 마시고 싶었는데."
태연하게 기뻐했습니다.
또 밤의 장막이 내려왔을 때.
둘이 나란히 걷고 있는 중에.
"실은 저, 보름달을 보면 털이 부숭부숭한 괴물이 됩니다."
허위 신고를 해보았습니다.
"대단해! 한번 보고 싶은걸."
태연하게 기뻐했습니다.
………….
"사실 저는 달에서 와서, 내년엔 달나라로 돌아가야만 합니다."
"대단해! 멋지다!"
"참고로 방금 건 거짓말입니다. 저는 터무니없는 거짓말쟁이인 최악의 인간입니다."
"자기 성찰을 할 수 있다는 건 건 훌륭한 일이야. 자신을 너무 몰아붙이지 마."
"진짜로 대체 뭡니까……?"
무슨 말을 해도 그녀는 전 긍정.
제가 그녀에게 뿌린 약은 어디까지나 모든 것에 대한 싫은 감정을 증폭시키는 것. 모든 것에 대해 싫은 감정을 갖고 있지 않다면, 효과는 나오지 않습니다.
"…………."

즉, 그녀는 있는 그대로의 진심으로 저를 대하고 있다는 뜻이며.

무엇 하나에도 혐오감을 갖고 있지 않다는 뜻이 됩니다. 걱정이 될 정도로 그녀는 포용력 있는 사람이었습니다.

"미레이유 씨는, 대체 어떤 때 기분이 나빠집니까?"

본인에게 그렇게 직접 물어보고 말았을 정도로 인격자였습니다.

"으으음? 기분이 나빠질 때?"

여전히 생글생글 미소를 띤 채로 제 옆을 걷고 있는 그녀.

어슴푸레한 달빛 아래에서도 그녀의 표정만큼은 햇빛을 받은 듯 눈부시게 보였습니다. 다정함으로 가득한 얼굴을 하고 있었습니다.

그런 그녀가 혐오감을 품는 건 언제일까요.

화났을 때 그녀는 어떤 표정을 지을까요.

생각하면서, 제가 지켜보고 있는, 그때였습니다.

"――아, 지금 엄청나게 짜증이 나기 시작했어."

그녀는 걸음을 딱 멈추고.

길 저편을 노려보면서 입을 열었습니다.

"어쩌지. 엄청나게 짜증 나. 지금 당장 크게 소리치고 싶은 기분이야."

갑작스러운 변화였습니다.

대체 어떻게 된 일일까요.

저는 그녀가 바라보는 쪽으로 시선을 보냈습니다.

"……?"

직후에 고개를 갸웃거리게 되었습니다.

거기에 있던 것은 오늘 입국 직후에 제가 연행되어 갔던 연애 관리국 본부. 국장님과 만났던 곳이기도 했고, 미레이유 씨의 직장이기도 할 터입니다.

제 옆에 선 그녀와 같은 재킷을 걸친 사람들이, 성취감 가득한 표정으로 건물에서 나오고 있었습니다.

"그러고 보니 저곳의 직원분들은 평소 어떤 일을 하나요?"

무심하게, 무난한 질문을 던지는 저.

약의 효과가 갑자기 나타나기 시작한 미레이유 씨는── 노골적으로 짜증을 내기 시작한 그녀는, 부드러운 표정을 무너뜨린 채 차가운 말투로 답했습니다.

"딱히 특별한 건 없어. 나라의 규칙에 따라서 주민들에게 테스트를 받게 하고, 운명의 상대와 연결 지어주는 것뿐이야."

즉, 저를 현재 고민스럽게 만들고 있는 것과 같은 문제를 뿌려대고 다닌다는 말입니까?

"여행자에게도 나라의 규칙을 강제하는 건, 그만두는 편이 좋을 것 같습니다. 나라의 평판이 떨어질 거라고 봅니다."

"같은 불만이 종종 들어와."

"당연히 그렇겠죠."

"하지만, 이건 나라의 형식상 어쩔 수 없는 일이야."

"그 말씀은?"

고개를 갸웃거리는 저.

한숨으로 그녀는 답했습니다.

"표면적으로는 잘 드러나지 않지만, 우리나라는 다루기 어려운 인간을 여행자와 엮는 경우가 있어."

"다루기 어려운 인간."

이라는 건?

"예를 들면 적당한 상대를 몇 번 골라줘도 잘되지 않는 사람이나. 연애 관리국에 대해 반항적인 사람이나."

짜증 탓에 그녀는 하지 않아도 될 말까지 하고 있는 것인지도 모릅니다.

다른 사람처럼 변한 그녀가 간결하게 예를 들면서 말한 것은 이 나라의 숨겨진 이야기.

말하길, '맺어지는 노에티라'에서는 여행자를 다루기 어려운 성가신 인간의 운명의 상대로 짝지어서 성가신 존재를 쫓아낸다고 합니다.

"요컨대 여행자와 함께 나가라는 거지. 그게 당신의 운명입니다, 하고 연애 관리국에 들은 셈이나 마찬가지인 거야."

"그래도 나가지 않는 경우엔 어떻게 하나요?"

그러니까 운명의 상대와 해제 신청을 했을 경우의 이야기입니다만.

"……우리나라는, 운명의 상대와 관계가 안 좋은 인간은 직장에서 냉대를 받아."

"?"

"운명의 상대와 관계가 나쁘다는 건 즉, 본인에게 문제가 있는 거라고 보는 거지. 운명의 상대가 국외로 나가고, 오랫동안 서로 연락도 하지 않는 관계인 경우는 특히 최악이야. 나라에 있는 한 제대로 된 직장에 취직할 수 없게 된다고 말해도 과언이 아닐 만큼."

즉, 여행자가 혼자 나라에서 나간 시점에서 두 사람의 관계는 최악인 채 방치되고 있다고 판정되는 것일 테지요.

그러나 이미 여행자와의 운명을 연애 관리국에서 결정지어버렸기 때문에 새로운 운명의 상대를 찾는 것도 불가능해진다—— 즉, 운명의 상대로서 여행자를 제시받았을 때는 나라에서 나가든가, 아니면 나라에 남아 냉대를 당하는가, 둘 중 하나를 선택해야 한다는 뜻이로군요.

사실상 추방 조치라 말해도 과언이 아닐 테지요.

과연.

"사정은 잘 알았습니다. ……하지만."

여기서 하나의 의문이 제 머릿속에 떠올랐습니다.

대체 어떻게 된 것일까요?

바로 지금 이야기한 것 같은 추방 조치를, 눈앞의 그녀가 받은 것입니다.

제가 품고 있는 의문을 그녀 자신도 자각은 하고 있는 것일 테지요.

거북한 듯 눈을 내리뜨면서, 조용히 말했습니다.

"……아까, 연애 관리국 소속이라고 했잖아."

"네."

그리고 그녀는 말했습니다.

"오늘 해고당했어."

조금 전.

저와 만나기 직전.

평범하게 해고당했다고.

"그렇습니까."

"응."

그 말은 즉.

요컨대.

"……백수가 제 운명의 상대라는 겁니까?"

"그것 말고 달리 할 말이 있지 않아?"

○

예를 들어 그릇에 금이 간 순간 물이 새어 나와 깨지듯이. 혹은 불을 붙인 순간 불이 번지듯이.

그녀가 한번 짜증을 내기 시작한 직후부터 약의 효과는 대폭발했습니다.

"젠자아아아아아아아아아아아아아아아아아아아아아아앙!"

쾅 하고 테이블에 맥주잔을 내리친 미레이유 씨.

밤의 술집 안.

제 허위 신고를 전부 상냥하게 받아들여 주었던 그녀는 지금 술을 받아들일 뿐인 존재가 되어 있었습니다.

이미 테이블 위에는 맥주잔이 어지럽게 놓여 있었고, 그러나 여전히 부족한 듯 미레이유 씨는 "한 잔 더!"라며 점원을 향해 소리쳤습니다.

"못 해먹겠다고! 어째서 내가 잘린 건데? 관리국을 위해서 누구보다도 열심히 일한, 이 내가!"

당신 누굽니까……? 하고 묻고 싶어질 법한 꼴이었습니다.

아마도 지금까지 일했던 조직에 대해 상당한 불만을 품고 있는 것이겠지요. 감당할 수 없는 분함은 이윽고 눈물이 되어 뚝뚝 떨어졌고, 새어 나온 한숨은 술을 들이켤 때마다 깊어져 갔습니다.

"하아! 정말 싫어진다니까!"

그리고 힐끗힐끗 보내지는 시선은 어딘가 모르게 "푸념을 들어줬으면 좋겠다……"라고 말하고 있는 것 같기도 했습니다.

"그나저나 지금 식사는 미레이유 씨가 사는 걸로 알아도 되겠습니까?"

무시해드렸습니다.

"너무해!"

으앙 하고 울음을 터뜨리는 미레이유 씨.

"푸념 정도는 들어줄 수 있잖아! 우리는 운명의 붉은 실로 묶인 두 사람이잖아?"

"억지로 묶였을 뿐이지 않습니까."

이야기를 들어본 바로는 올바른 근거를 바탕으로 해서 선택된 운명의 두 사람인 것도 아닌 모양이고요.

"들어주지 않으면 다른 걸 토해낼 건데 괜찮겠어?"

"다른 거라니 뭡니까?"

"지금 내 위 속에 가득한 거."

"토한 순간 이 나라에서 살아갈 수 없게 될 겁니다만 괜찮겠습니까?"

"흥. 어차피 이제 이 나라에서는 살 수 없으니까 상관없는걸."

어린애처럼 삐친 미레이유 씨.

지금 그녀와 같은 상황에 처한 사람들이 그 후 어떻게 되었는지를 그녀도, 지금까지 몇 번이나 목격했을 테지요.

아무리 마셔도, 그녀의 불안과 불만은 사라지지 않았고.

"일을 시작했을 때는 즐거웠는데……."

결국 제 태도 같은 건 개의치 않고, 그녀는 혼자서 푸념을 늘어놓기 시작했습니다.

그리고 하나 새어 나오고 나면 또 하나. 잇따라 새어 나오는 푸념들은 이윽고 하나의 이야기로 그 모습을 바꾸어갔습니다.

연애 관리국은 말하자면 관청이자, 나라의 상징이기도 하며, 국내의 수많은 직장 중에서도 인기 있는 직장이기도 하다고 합니다.

"미레이유, 오늘도 열심히 하자!" "같이 운명의 상대를 잔뜩 찾아주자!"

그렇기에 동료와 선배로서 함께 일하는 사람들은 남녀 모두 반짝반짝 빛나는 멋진 사람들뿐이었습니다.

"네! 함께 노력해요!"

반짝반짝 빛나는 직장에서 반짝반짝 빛나는 동료들과 함께, 그녀는 매일을 구가했습니다.

그들의 업무는 지극히 단순.

"안녕하세요! 연애 관리국입니다!

마을로 가서 똑똑똑 노크를 세 번.

"무슨 일이세요? 하고 집에서 나온 주민에게 미소를 띤 채 친절하고 정중하게 설명합니다.

"우리나라에서는 성인이면서 아직 운명의 상대가 없는 분은 테스트를 받아야만 합니다. 안내해드릴 테니 함께 가시죠!"

그리고 연애 관리국 본부로 연행해 테스트를 실시하고, 그 결과에 따라 적절한 운명의 상대를 찾아낸다—— 요컨대 오늘 국장님이 제게 한 것과 같은 일을 매일 했다고 합니다.

"안 하면 안 되는 거야……?"

그중에는 이렇게 내켜 하지 않는 분도 계셨습니다.

"안 돼요! 규칙인걸요."

그러나 그녀는 완고하게 물러서지 않았고, 테스트를 받도록 안내했습니다.

그리고서 대략 몇 시간에 걸쳐 심리 테스트, 계산 문제, 간단한 앙케트, 신체검사 등등을 한차례 실시.

대체 어떠한 기준이 있는지는 확실치 않지만, 테스트 결과와 본인의 취향과 기호에 따라 운명의 상대로 적당한 인물상까지 전부 드러나게 된다고 합니다.

"흐음……."

결과가 나온 후에는 해당 주민과 면담을 실시합니다.

주민의 운명의 상대 찾기는 기본적으로 연애 관리국 직원에 의한 인력으로 작업이 진행된다고 합니다. 관리국 직원으로서 어느 정도는 매뉴얼에 따르지만, 주민과 상대를 맺어주는 것은 결국 관리국 직원 자신. 평범한 사람입니다.

"참고로 손님, 지금 좀 마음이 가는 사람이 있거나 한가요?"

그런고로 테스트가 끝난 후에 그러한 히어링――이라고 할까 연애 이야기 같은 것을 하는 직원이 대부분이었다고 합니다.

"실은 근처에 조금 신경 쓰이는 사람이 있는데……."

그녀의 질문에 주민 여성은 우물쭈물하면서 대답합니다. 최근 근처에 새로 생긴 레스토랑에서 일하는 종업원분에게 관심이 간다. 멋진 사람이라고는 생각하지만 이야기를 나눠본 적은 없다. 등등의 말들을 그녀는 털어놓습니다.

"과연!"

마음에 둔 사람이 있지만 한 걸음을 내딛지 못하고 있다. 그런 상황이야말로 관리국 직원의 실력을 보일 기회입니다. 미레이유 씨는 곧장 근처 레스토랑에서 일하고 있는 종업원분의 정보를 찾아 해당 남성에게 운명의 상대가 아직 없다는 사실을 확인했습니다.

그리고 상대 남성과 눈앞에 있는 여성의 상성을 테스트 결과를 바탕으로 상세히 비교 검토하고, 상성이 좋다는 것을 확인한 다음.

"……응! 당신의 운명의 상대는 이 남성이네요!"

그녀는 두 사람을 맺어주었습니다.

"고마워요! 담당자님!"

여성은 기뻐하며 미레이유 씨를 끌어안았습니다. 그리고 약 1년 후에 여성과 종업원분은 결혼하셨다고 합니다.

나라가 결혼 상대를 강제적으로 찾아낸다고 하는 시스템을 들었을 때는 조금 불합리한 인상을 품었습니다만, 아무래도 내부 사정은 상당히 융통성이 있었고, 주민들의 연애가 성취되도록 도와주기 위한 조직, 이라고 말하는 편이 옳을지도 모르겠습니다.

내향적인 사람이 많은 국민성이기에 더더욱, 미레이유 씨 같은 직업은 활약했을 테지요.

타인에게 감사를 받는 날들은 분명 반짝반짝 빛났을 테지요.

"에헤헤헤…… 칭찬받았다."

그러나.

일을 시작했을 때는 즐거웠다――라고 취한 그녀가 했던 말 그대로, 점점 그녀의 일에는 암운이 드리우게 되었습니다.

그것은 그녀가 일하기 시작한 지 2년이 지났을 무렵의 일이었습니다.

"……어라?"

어느 날, 평소처럼 길을 걷던 때의 일이었습니다.

거리의 뒷골목으로 사라져가는 자신의 동료와 주민의 모습을 그녀는 목격했습니다. 대체 무얼 하고 있는 것일까요? 그녀는 재미있을 것 같은 느낌에 이끌리듯 뒤를 쫓았습니다.

분명 순박한 그녀는 몰랐을 테지요.

사람은 켕기는 사정이 있지 않은 한 뒷골목에서 밀회를 갖지 않는다는 것을.

"……전에 부탁했던 예의 그거, 진척이 있는 거야?"

어둠 속에서 주민이 물었고.

그리고 동료는 히죽 웃었습니다.

"네. 완벽합니다. 서류를 바꿔치기해서, 당신이 짝사랑하는 사람과의 상성이 높게 나오도록 조정해뒀어요. 이제 제가 두 사람을 맺어주기만 하면 작업은 끝입니다."

"……역시. 일이 빠르네."

주민은 말하면서 동료에게 슬쩍 돈을 건넸습니다.

뇌물.

동료는 일부 주민에게서 돈을 받는 대신에 상성 진단 테스트 결과를 상황에 맞춰 조작했던 것입니다.

명백한 부정입니다.

"저기, 대체 어쩔 셈이야?"

다음 날, 미레이유 씨는 동료를 추궁했습니다. 연애 관리국은 나라가 자랑하는 조직. 돈을 받고 결과를 조작하다니 있어서는 안 될 일입니다.

그러나 동료는 차가운 얼굴로 대답했습니다.

"딱히, 다들 하고 있는 일인데?"

뇌물을 받고 상성이 좋지 않을 터인 사람들을 억지로 맺어준다── 동료가 말하길, 연애 관리국의 많은 직원이 그렇게 돈을 벌고 있다고 합니다.

"뭐어어어어어어어어……?"

그런 말도 안 되는 일이.

그녀는 다른 동료를 붙들고 물었습니다.

주민에게 뇌물을 받거나 했어?

"어? 응. 했는데."

"뭐어어어어어어어어……?"

경악할 사실.

반짝반짝 빛나는 날들을 보내고 있는 동료들 대부분이 태연한 얼굴로 부정을 저지르고 있던 것입니다. 아연실색하는 그녀에게 동료들은 제각기 말했습니다.

"그보다 미레이유는 아직 그런 거 안 했었구나." "성실하네." "역시 주민의 희망에 맞춰주는 게 제일이야." "모처럼의 기회니까 미레이유도 해보는 게 어때?"

그리고 동료들은 악마처럼 속삭였습니다.

——해도 어차피 절대 안 들켜.

"우으으으으으으으으으으……."

동료들이 제각기 한 말들 앞에서 미레이유 씨는 고민했습니다. 자료 조작은 좋지 않은 일. 조직 상층부에 보고해야만 할까요.

그러나 직원 대부분이 범하고 있는 죄라면, 상층부도 이미 사태를 파악하고 있을 가능성이 있습니다. 무마되면 어쩌지. 고발했다가 동료들에게 원망을 사면 어쩌지. 시끄러워져서 연애 관리국의 신뢰가 실추되면 어쩌지. 큰일이 되면 어쩌지.

자신의 선택을 두고 며칠이나 고민했습니다.

"…………."

선택한 답은 침묵이었습니다.

그녀는 동료들의 부정을 용납하고 말았습니다.

보고도 못 본 척을 한 죄악감에서 도망치듯이 그녀는 그 후 누구보다도 근면하게 일했습니다. 사람과 사람을, 계속해서 맺어주었습니다.

일하는 과정에서 동료에게 뇌물을 건네고 운명의 상대를 찾아냈던 여성이 고작 며칠 만에 파국을 맞이했다는 것을 알았습니다.

"근본적으로 상성이 맞지를 않았어. 역시 서류 조작으론 안 되나 봐."

연애 관리국을 찾아온 여성은 어깨를 으쓱이면서 말했습니다. 그리고 미레이유 씨가 새로운 담당이 되고, 성의를 다해 운명의 상대를 찾아드렸습니다. 상대는 무사히 찾아낼 수 있었고, 지금도 여전히 교제를 계속하고 있다고 합니다.

그녀는 크게 안도했습니다.

결국 뇌물을 건네고 진단 결과를 조작한다고 해도 오래가지는 못하는 것입니다. 결과적으로 주민은 쓸데없이 돈을 낭비했고, 그리고 연애 관리국 측도 쓸데없이 일을 늘렸을 뿐.

분명 자신이 목소리를 내지 않아도 부정은 조만간 사라지리라 생각했습니다.

그리고 낙관하는 그녀의 앞에 현실은 들이닥쳐 왔습니다.

『연애 관리국, 주민에게 뇌물을 수수한 의혹이』.

지금으로부터 한 달 정도 전의 일입니다.

한 신문사가 연애 관리국에서 횡행하고 있던 부정을 기사로 썼던 것입니다. 당연하게도 마을 사람들은 연애 관리국을 크게 비난했습니다.

그 결과 당시 국장을 맡고 있던 인물이 책임을 지고 사직하고, 지금의 루룬 씨로 교체되었습니다.

그리고 그녀는 관리국 직원들 앞에서 선언했습니다.

“내가 조사해본 바, 부정이 일어난 건 지난 몇 년간의 일. 아마도 주범이 있을 겁니다. 오늘부터 내부 조사를 위해 관리국원 한 명 한 명에게 청취 조사를 실시하겠습니다.”

조직을 부패하게 한 장본인을 찾아 쫓아내는 것으로 사태 수습을 꾀한 것입니다. 새로운 국장의 믿음직한 모습에 미레이유 씨는 홀딱 반했습니다.

분명 앞으로는 일을 시작했을 때와 같은 눈부신 날들을 되찾을 수 있을 것이라 생각했습니다. 모두가 불안한 마음으로 일을 하는 와중에도 미레이유 씨만은 평소처럼 업무를 수행했습니다.

그리고 오늘이 찾아왔습니다.

“——당신이 미레이유 씨인가요?”

한 달 정도 전부터 실시되고 있던 청취 조사. 미레이유 씨의 차례가 왔습니다.

국장은 가장 먼저 미레이유 씨를 자리에 앉힌 뒤.

“일을 잘하고 있나 보군요. 많은 실적이 자료에 남겨져 있어요” 라며 치하하는 말을 던졌습니다.

“……! 가 감사합니다!”

노력이 인정받은 것을 기쁘게 여기는 미레이유 씨.

자연스레 표정이 풀어지고 미소를 띠게 되었습니다.

“——그래서, 본론으로 들어가겠는데.”

그러나 대조적으로 국장님의 표정은 매우 차가워졌습니다.

그리고 날아든 것은 범죄자를 보는 듯한 시선.

“당신이 부정을 일으킨 주범이죠?”

확신을 가진 말투로 국장님은 이야기했습니다.

"네에에에에에에에에에에……?"

말도 안 돼. 무슨 말씀을 하시는 겁니까? 그럴 리가 없잖아요. 당혹스러움과 함께 온갖 말들이 목구멍에서 정체를 일으키며 말문이 막혔습니다.

그런 그녀를 무시한 채 국장은 자료를 꺼내 들었습니다.

"내가 조사해본 바에 따르면, 당신이 대응한 주민들의 자료에서 여러 조작 흔적이 발견되었습니다. 부정의 대부분이 당신에게 집중되어 있다고 해도 과언이 아니에요. ……무슨 말인지, 알겠죠?"

그리고 내밀어진 것은 기억에 없는 주민들의 자료.

"나쁜 짓을 한 사람은 혼쭐이 나야겠죠."

단적으로 국장님은 말했습니다.

낙관적인 미레이유 씨는, 중요한 사실을 하나 잊고 있었습니다.

그녀의 동료들은, 자료 조작에 매우 능숙했던 것입니다.

"――그렇게 부정의 주범으로 날조를 당해서, 나는 정식으로 동경하던 업계에서 쫓겨나는 꼴이 된 거지."

테이블 위로 푹 엎드리면서 그녀는 뺨을 적셨습니다.

자신의 선택에 잘못이 있었음을 절절하게 깨닫고 있을 테지요. 그러나 이미 늦었다는 것도 이해하고 있을 테지요.

"힘들었겠네요……."

대꾸할 말을 찾지 못한 저는 조용히 중얼거렸습니다.

여전히 어깨에 걸치고 있는 재킷은 강하게 남은 미련의 증거.

분명 당장에라도 연애 관리국으로 돌아가고 싶다고 바라고 있을 겁니다——.

"그래서 나 있지, 지금 엄청나게 연애 관리국을 부숴버리고 싶은 기분이거든."

바라지 않나 봅니다.

아무래도 제가 뿌린 약이 좋지 않은 방향으로 작용하기 시작한 것만 같습니다.

고개를 든 그녀는 조금 정색하면서 말했습니다.

"나, 나쁜 짓은 전혀 안 했는데! 오히려 제일 성실하게 일했는데!"

"동료의 부정을 못 본 척했지만 말이죠."

"이런 나 같은 직원을 자르다니, 너무하다고 생각하지 않아?"

"제 지적도 못 들은 척하는군요."

뭐, 결과만 보면 억울한 죄를 덮어쓰고 직장에서 쫓겨나는 꼴이 되었으니, 동정의 여지가 없지는 않겠지요.

"잘못한 게 없는데 이런 처사를 당하다니 힘들겠네요."

일단 별다른 지장이 없을 만한 대응을 하는 저.

"그렇지?!"

몸을 불쑥 내밀면서 그녀는 고개를 끄덕였습니다.

그리고 마음을 정한 것처럼 산뜻한 표정으로 이야기하는 것이었습니다.

"그런고로 나, 보복하겠습니다!"

…………….

보복?

눈을 동그랗게 뜨는 저를 무시한 채 그녀는 방긋 웃었습니다.

"나를 이렇게 만든 놈들을 엉망진창으로 만들어줄 거야."

"와아……."

위험한 사상의 소유자잖아요…….

"이대로는 화가 나서 견딜 수 없어! 그러니까 나를 이렇게 만든 연애 관리국을 파괴하고, 모두를 후회하게 해줄 거야."

"혹시 해고한 국장님이 옳았던 건가요……?"

"나를 이렇게 만든 모두가 잘못한 거니까, 후회하게 해주지 않으면 안 되겠지."

"오히려 해고는 타당한 판단이었다고 생각할 수도 있을 것 같은 느낌입니다만……."

"그런고로 나, 연애 관리국을 부숴버릴게!"

"하아아……."

성실하게 몰두하던 분일수록 한 번 고삐가 풀리면 제어가 되지 않게 되는 법인 걸까요? 약의 효과가 계속되고 있다는 것도 원인 중 하나일지도 모르겠습니다만.

"뭐, 하고 싶은 대로 하시면 되는 거 아닐까요?"

어차피 평범한 여행자인 저와는 관계없는 이야기입니다.

출국을 위한 자료만 준비해준다면 달리 할 말은 없습니다. 부정에 손을 대든 보복을 하든, 다른 사람들에게는 말하지 않겠다고 약속하겠습니다.

그녀는 기쁜 듯이 웃었습니다.

"그럼 일레이나 씨, 지금부터 같이 연애 관리국으로 갈까?"

………….

어째서?

“우리는 운명으로 맺어진 두 사람이니까, 이런 건 당연히 함께 해야지.”

“아니 상성 운운과 관계없이 멋대로 가져다 붙인 두 사람이라는 이야기를 하지 않았던가요?”

“! 아직까지 나라가 하는 말을 믿는 거야? 연애 관리국은 부정을 방임하는 최악의 조직인데? 어쩌면 우리는 정말로 상성이 좋아서 연결되었을 가능성도 없지는 않다고!”

“저는 현시점에서 상당히 상성이 나쁘구나 하고 느끼고 있습니다만.”

“모처럼 맺어진 거니까, 도와줘야만 해!”

“쓸데없는 짓을 해서 나라에 찍히는 건 사양입니다. 나쁜 짓이라면 혼자 하러 가세요.”

저는 말하고 자리에서 일어났습니다.

냉큼 도망치려 했습니다. 덤으로 계산을 그녀에게 떠넘기려 했습니다.

“……잠깐!”

평범하게 붙들렸습니다.

제게 매달리는 미레이유 씨. 술기운에 얼굴은 붉게 물들었고, 그리고 눈동자는 조금 전의 눈물이 아직 마르지 않은 상태. 그 모습은 마치 자신을 떠나려 하는 연인을 필사적으로 잡는 갸륵한 여성처럼도 보였습니다.

"뭡니까?"
차갑게 내려다보는 저는 그야말로 정이 다 떨어진 전 연인 그 자체.
"저기, 있지……."
이어서 그녀는 제 귓가에 입술을 가져다 대고.
속삭였습니다.
"――도와주지 않으면 출국 수속을 도와주지 않을 건데?"
"혹시 당신 정말로 부정의 주범인 거 아닙니까?"
어째서 나쁜 짓을 교섭하는 솜씨가 묘하게 좋은 겁니까……?
"일레이나 씨도 들었는지 모르겠는데, 우리나라는 해제 신청을 내지 않으면 혼자서는 나라 밖으로 나가지 못하거든. 그게 무슨 뜻인지 알겠어?"
무슨 뜻, 이냐고 말씀하신들.
"당신이랑 사이가 나쁘면 나라에서 나갈 수 없다, 라고 말하고 싶은 겁니까?"
"아니, 틀렸어!"
싱긋 웃으면서, 그리고 그녀는 다시 제 귓가에 입술을 가져왔고.
속삭였습니다.
"――일레이나 씨의 목숨 줄은 내가 쥐고 있다는 뜻이야……."
"역시 당신이 부정의 주범인 거 아닙니까?"
입을 열 때마다 마음속 저 깊은 곳에 자리 잡고 있던 검은 부분이 새어 나오는 것 같은데요?
"자아! 그럼 결정! 일레이나 씨는 내 파트너! 지금부터 연애 관리국을 쳐부수는 데 협력해줘!"

"싫은데요……."

"내가 지시를 내릴 테니까 일레이나 씨는 마법으로 이것저것 해줘!"

"제가 없으면 성립되지 않는 작전이잖습니까……."

"자, 그럼 쇠뿔도 단김에 빼야지! 지금 당장 가자!"

"지금 바로요?"

"응! 지금부터 보복하는 거야!"

서둘러 자리에서 일어서는 미레이유 씨.

이리하여 저희는 돈을 내고, 서둘러 가게를 나섰고――.

"우웨에에에에에에에에에에에에에에에에에에에에에에에에에엑……."

………….

그녀가 그대로 길바닥에서 토했기 때문에 작전 결행은 다음 날로 미뤄졌습니다.

○

어제는 술을 들이붓듯이 마시기도 했고, 무엇보다 제가 뿌린 약의 효과가 영향을 주었던 것도 있으니, 미레이유 씨가 본의 아닌 말을 했을 가능성도 제로는 아닙니다. 그렇다기보다 정말 그랬으면 좋겠다고 생각하면서 저는 다음 날을 맞이했습니다.

"그럼 일레이나 씨. 예정대로 보복하러 갈까!"

"…………."

같이 외출할까? 같은 가벼운 분위기로 평범하게 말을 걸어오는 미레이유 씨. 유감스럽게도 어제의 대화 대부분은 기억하고 계신가 봅니다.

"나는 취했을 때의 기억도 꽤 확실하게 남는 타입이거든."

"흐음……."

"아, 뭐야 그 얼굴? 안 믿는 거지?"

"아뇨 아뇨 딱히."

어깨를 으쓱이며 답하는 저. 발랄한 모습으로 미루어 보건대 길을 더럽힌 무렵부터의 기억은 남아 있지 않은가 봅니다.

짓궂은 괴롭힘 같은 느낌으로 무슨 일이 있었는지를 자세히 말해줄 수도 있었지만, 그녀의 기분을 상하게 하면 출국이 불가능해지기 때문에 저는 내키지 않는다는 분위기로 그녀와 행동을 함께하기로 했습니다.

"후후후…… 나는 이제부터 극악무도한 사람이 될 테다……."

이리하여 미레이유 씨의 보복의 날들이 막을 올렸던 것입니다.

우선 첫 번째 사람.

"일레이나 씨, 보여? 저게 내 경력에 먹칠을 한 여자야……."

그림자 속에서 얼굴을 내미는 미레이유 씨. 시선 끝 광장에는 남성과 사이좋게 이야기를 나누고 있는 여성의 모습이 있었습니다.

경력에 먹칠한 여성, 이라고요?

"직장에서 당신을 배신한 사람인 건가요?"

"아니, 전 여자 친구!"

"네? 전 여자 친구…… 전 여자 친구?"
전 여자 친구라니 뭔가요?
"원래 사귀었는데 이유가 있어서 헤어진 여성이라는 의미야."
"아니 의미를 묻는 게 아니라."
"테스트 성적 면에서는 상성이 발군이었지만, 사랑한다고 말해 주지 않아서 헤어졌어."
"아니 헤어진 이유 쪽도 물어보지 않았습니다만."
"첫 애인이었는데……! 저 사람 탓에 내 애인 이력에 상처가 나버렸다고! 용서할 수 없어……."
으득으득하고 이를 악물면서 미레이유 씨는 광장에 계신 전 여자 친구를 노려보았습니다. 여성과 사귀었었군요.
뭐, 그건 제쳐두고.
"저기, 연애 관리국에 보복할 예정이었던 게 아니었나요?"
"응! 원래는 그럴 셈이었지."
그러나 어젯밤부터 지금에 이르는 동안에 뭔가 기분이 변한 듯.
"어차피 나쁜 짓을 할 건데 한 개나 두 개 더 늘어도 문제없잖아."
"상당히 나쁜 사람 같은 사고회로로군요……."
잃을 게 없어진 그녀는 이제 무엇이든 할 수 있는 인간으로 돌변했습니다.
"그래서, 그녀를 어떻게 괴롭힐 예정입니까?"
"뒤로 다가가서 분수에 밀어 넣어버려야지."
"괴롭히는 방식이 너무 수수해……."
어이없어하면서 저는 미레이유 씨와 함께 전 여자 친구분의 옆으로 다가갔습니다. 전 여자 친구 옆에 있던 남성이 무릎을 꿇은 것은 바로 그 순간.

"——나와 결혼해주겠어?"

그리고 남성은 전 여자 친구분의 손을 잡고, 왼손 약지에 입맞춤을 했습니다.

"……어머나!"

감격하는 전 여자 친구분.

"…………."

그 엉덩이 옆에 쭈그리고 있는 저희. 이게 대체 뭡니까?

"방금 그건 이 나라 특유의 프러포즈 신호야."

미묘한 얼굴을 하고 있는 제게 설명해야만 한다고 생각한 것일까요? 그녀는 의기양양한 표정을 지으며 말했습니다.

"우리나라에서는 반지가 아니라 입맞춤을 왼손 약지에 하는 걸로 되어 있어."

"흐음……."

"아, 뭐야 그 얼굴? 안 믿는 거지?!"

"아뇨 아뇨 딱히."

믿는지 아닌지는 제쳐두고.

"그래서, 어쩔 건가요? 지금 밀어버릴 건가요?"

마법을 살짝 더해드리면 당장에라도 분수 속으로 빠뜨릴 수 있을 것 같습니다만.

어떻게 할까요? 라며 저는 지팡이를 한 손에 들고 그녀에게 물었습니다.

"뭐? 무슨 말을 하는 거야? 일레이나 씨! 그럼 안 되지!"

찰싹! 하고 제 어깨를 때리면서 그녀는 나무랐습니다.

"프러포즈 현장의 연인 사이를 방해하다니 있을 수 없는 일이야. 물러나자!"

"네에에에에……."

혹시 또 취한 겁니까?

앞으로 나쁜 짓을 하려고 하는 사람이라고는 생각할 수 없는 대사를 뱉으면서 그녀는 전 여자 친구분의 앞에서 물러났습니다.

"——아까는 실패했지만, 이번에야말로 보복하겠어!"

두 번째 사람.

얼마 후 그녀가 방문한 곳은 길모퉁이에 있는 레스토랑이었습니다. 말하길, 여기에 과거 그녀를 힘들게 한 상대가 있다고 합니다.

"그래서, 상대는?"

저는 그림자 속에서 가게 안을 둘러보면서 물었습니다. 점심시간인지라 가게 안은 예에 따라 커플로 붐비고 있었습니다.

"저기야."

그리고 그녀가 가리킨 것은 가게 안——이 아니라 주방에서 일하는 남성이었습니다.

"전에 저 사람과 사귀다가 지독한 방식으로 헤어졌거든."

"당신 상대가 남성이라도 괜찮은 거로군요."

"양쪽 다 좋아."

"그래서, 그와는 왜 헤어진 겁니까?"

"사랑한다고 말해주지 않아서……."

"아까부터 왠지 모르게 느껴졌는데 미레이유 씨는 상당히 수동적이로군요."

동료의 나쁜 짓에 대해 침묵을 선택해버린 일에서도 조금 냄새가 났습니다만, 아무래도 그녀는 자신이 원하는 것을 밝히는 데 서툰가 봅니다.

이유는 제쳐두고, 그에게 보복하고 싶다고 했기 때문에 우리는 몰래 주방으로 다가갔습니다.

예정은 미레이유 씨가 그의 요리에 불필요한 조미료를 더 넣어서 점심 장사를 엉망으로 만드는 것으로 정해졌습니다.

작은 병을 한 손에 들고 몰래 다가가는 저희.

"이번에, 내 레스토랑을 열게 되었어."

전 남자 친구분이 동료와 즐겁게 대화를 나눈 것은 바로 그 순간이었습니다.

"미래에 희망을 품고 있는 사람을 괴롭히다니. 나, 못 하겠어……!"

"대체 뭡니까."

딴죽을 거는 제게 그녀는 "앞으로 요리로 먹고살려는 사람의 앞날을 막다니 말도 안 돼" 같은 잘 이해되지 않는 말을 남기고 자리를 떠났습니다.

될 대로 되라는 상태가 되어 나쁜 짓을 하고 싶다고 말했지만, 결국 그녀는 남을 상처 입힐 수 없는 것일 테지요——. 그렇게 생각하면서 저희는 세 번째 사람에게로 향했습니다.

"으랏차아아아아아아아아아아아아아아아아아아!"

향한 직후에 그녀는 상대 여성을 분수 속으로 빠뜨렸습니다.

"꺄아아아아아아아아아아아악!"

비명을 지르면서 분수 속으로 가라앉은 것은 연애 관리국의 직원분.

말하길, 미레이유 씨에게 죄를 뒤집어씌운 사람 중 한 명이라고 합니다.

"이 애는 구제할 길 없는 녀석이니까 빠뜨려도 돼!"

"당신의 선악 기준은 어떻게 돼 있는 겁니까?"

기본은 착한 아이.

다만 제약이 사라지면 어딘가 이상해지고 시끄러워진다. 그것이 미레이유 씨라는 여성인지도 모릅니다.

예를 들면 길모퉁이에서.

"나, 이 일을 그만두고 내 가게를 열까 해……."

회사 동료에게 장래의 전망을 이야기하고 있는 연애 관리국 남성 직원을 발견한 직후.

"으랏차아아아아아아아아아아아아아아아아아아아아아아아!"

미레이유 씨는 평범하게 덮쳐들었습니다.

"크어어어어어어어어어어어어어어어억!"

쓰러지는 직원.

아니 아니 아니.

"미래에 희망을 품고 있는 사람은 공격하지 않는 거 아니었나요?"

"연애 관리국 직원에게 미래 따위는 없어."

"당신 점점 이상한 방향으로 나아가고 있지 않은가요?"

화려한 무늬의 재킷을 입은 사람을 차례차례 강습하는 모습은 마치 사나운 소 그 자체. 그리고 그녀는 온갖 장소에 출몰했습니다.

예를 들면 분위기가 괜찮은 레스토랑에서.

"나랑 결혼해줘!"

그렇게 프러포즈를 하는 연애 관리국 직원이 있으면.

"으랏차아아아아아아아아아아아아아아아아!"

그렇게 곧장 덮치고.

혹은 거리에서.

"저기, 그거 알아? 아까 우리 동료가 수수께끼의 여자한테 습격을 당했대." "뭐? 그거 혹시——."

그렇게 잡담을 나누고 있는 연애 관리국 직원이 있으면.

"으랏차아아아아아아아아아아아아아아아!"

역시 바로 돌진했고.

그녀는 그렇게 이래저래 열 명이 넘는 관리국 직원들을 강습했습니다. 그 모습은 그야말로 날뛰는 소 그 자체.

"보복은 엄청 즐거워."

"잘됐네요……."

옆에서 싸늘한 시선을 보내면서 저는 그녀와 함께했습니다. 연애 관리국 내부에 지금도 남아 있는 직원의 대부분은 부패한 인간이기 때문에 무슨 짓을 해도 괜찮다고 판단한 모양이었습니다.

"그리고 마지막은 부패의 근원이라 할 수 있는 국장 차례야."

대담하게 미소 짓는 미레이유 씨. 이제 착한 아이였던 그녀는 어디에도 없습니다.

"하지만 국장님은 비교적 성실하게 일하는 사람이지 않은가요?"

미레이유 씨가 추방된 것은 그저 동료들에게 자료를 조작당했기 때문이고, 오히려 국장님은 무죄인 게 아닐까요?

심지어 성실하게 일하는 그녀를 믿음직스럽게 여기기까지 했던 것 같습니다만.

"하지만 잘 생각해보면 저런 조직의 수뇌부가 된 시점에서 제대로 된 인간이 아닌 거야."

"너무 불합리해……."

나쁜 짓을 한 동료도 고발하지 못했던 그녀는 이제 어디에도 없습니다. 그리고 미레이유 씨는 의기양양하게 돌진했고, 연애 관리국 바로 앞에 다다랐습니다.

"여기서 국장이 나올 때까지 잠복하겠어!"

재빠르게 그림자 속에 몸을 숨기는 미레이유 씨.

아무것도 모르는 국장님이 관리국에서 불쑥 나온 것은 그로부터 대략 몇 분이 지난 후였습니다.

"……나왔다!"

발끈하며 국장님을 노려보는 미레이유 씨.

저희는 운이 좋은 모양입니다.

덮치기 위해 둘이 함께 뒤를 쫓았습니다.

대체 어떤 방법으로 덮칠 셈인 걸까요? 마법을 쓸 거라면 사전 준비도 필요합니다. 저는 지팡이를 들면서 미레이유 씨와 나란히

섰습니다.

"어라라?"

그녀가 얼빠진 목소리를 낸 것은, 바로 그 순간.

무슨 일인가요? 저는 그녀의 시선 끝을 따라갔습니다―― 거기에 있는 것은 조금 전과 마찬가지로, 국장님.

여전히 가로 폭이 넓은 여성이 한 명.

거기에 이상한 점은 아무것도 없을 터.

였을 터입니다만.

"……으응?"

고개를 갸웃거리고 말았습니다.

어째선지 국장님의 발걸음은 그대로 휙 좁은 뒷골목으로 힘차게 나아가고 말았던 것입니다. 들어갈 수 있는 겁니까? 사이즈적으로. 그렇게 걱정하는 저희를 개의치 않고, 그녀는 그대로 빨려들듯이 인적을 피한 어둠 속으로 숨어들어 버렸습니다.

켕기는 사정이 있지 않은 한, 뒷골목에 들어가는 일 같은 건 없을 텐데.

"…………."

저희는 말없이 얼굴을 마주 본 다음, 국장님의 뒤를 쫓았습니다.

그리고 들여다보고.

저희는 보았습니다.

"크, 큰일이에요. 국장님!"

"우리, 아까 미레이유 자식한테 갑자기 보복을 당해서……."

"그 애, 차례차례 관리국 직원을 덮치고 있어요!"

거기에 있던 것은 오늘 미레이유 씨가 습격하고 다닌 관리국 직원분들.

그리고 진지한 얼굴로 고개를 끄덕이는 국장님의 모습.

"상황이 좋지 않아……."

그녀는 이어서 말했습니다.

"우리가 죄를 뒤집어씌운 걸 알아차렸는지도 몰라……."

아주아주 좋지 못한 말을, 했습니다.

저희는 그런 대화를 들으면서 얼굴을 마주 보았습니다.

"뭔가 할 말이 없나요? 미레이유 씨."

그녀는 먼눈을 하고 있었습니다.

"설마 정말로 돼먹지 못한 사람일 줄은 몰랐어."

○

사람이 안에 숨기고 있는 것은 좀처럼 알기 어려운 법입니다.

그야말로 가족이나 애인 사이가 아닌 한, 남이 마음속 깊이 원하고 있는 것은 보이지 않을지도 모릅니다.

단편적인 정보를 가지고 한 추리인 탓에 정확한 것은 알 수 없지만, 아무래도 연애 관리국의 내부는 미레이유 씨가 상정했던 것 이상으로 부패해 있었나 봅니다.

"상황이 좋지 않아요……. 아까 프러포즈를 방해받았는데…… 어쩌면 그 녀석, 내가 내 진단 결과를 조작해서 지금의 여자 친구와 사귀고 있는 걸 눈치채고 있는지도——."

관리국 직원 중 한 명이 초조한 기색으로 말을 꺼냈습니다.

그를 따르듯 다른 직원들도 고개를 끄덕였습니다.

"어쩌면 그 녀석, 우리가 한 짓을 누설할 생각인 건지도……." "큰일이야! 들키기라도 하면, 지금 남자 친구한테 차일 거라고……." "어쩌죠? 국장님……!"

미레이유 씨에게 전 여자 친구분과 전 남자 친구분이 있듯이, 연애 관리국에서 일하는 직원들도 당연히 나라의 규칙에 따라 연인을 만들었습니다.

그러나 그렇지 않아도 주민들에게 뇌물을 받은 정도로 간단히 정보를 조작해준 관리국 직원들이, 과연 자신의 정보에 손을 대지 않았을까요? 분명 직원들은 이전부터 뒤에서 사리사욕을 계속 채워왔을 겁니다. 미레이유 씨가 이전에 뒷골목에서 본 것은 분명 그들의 큰 욕심에서 자연스럽게 드러나고 만 아주 약간의 틈.

뇌물 수수쯤은 귀여워 보일 정도의 악행을 관리국 직원들은 저지르고 있었던 것입니다.

"다, 다들 진정해!"

국장님은 주변에 있는 직원들을 제지했습니다.

"아, 아직 미레이유한테 들켰는지 어떤지 확실하지 않잖아? 그저 일을 잘려서 그 분풀이를 하고 있을 가능성도 있어."

뭐, 실제로 그 말대로입니다만.

관리국 직원들은 하나같이 고개를 저었습니다.

"무슨 말씀이십니까." "미레이유가 그저 괴롭힐 마음으로 움직일 리가 없잖아요." "우리를 고발할 용기도 없었던 여자애인데요?" "우리한테 위해를 가해 왔다는 건, 그냥 보복 같은 게 아니라고요!"

그들은 미레이유 씨를 잘 알고 있나 봅니다.

나라의 주민들과 상담할 때는 친밀하게 귀를 기울이고 다정한 말을 건네는 반면, 가까운 사람이 범한 잘못에는 지적을 하는 것도, 누군가에게 상의할 용기도 없어 그저 입을 다무는 것밖에 못했던 그녀.

그런 그녀이기에 죄를 뒤집어씌워도, 쫓아내도, 분명 보복 같은 건 하지 않으리라—— 그리 생각했던 것입니다.

"…………."

그들의 계획에 한 가지 오산이 있었다고 한다면. 오늘의 그녀는 평소보다 아주 조금, 자신의 감정에 솔직해져 있다는 것.

"예전의 나였다면, 잠자코 있었을지도 모르지."

뒷골목에서 밀회를 갖던 연애 관리국 직원들에게 던져진 목소리는 하나.

친절하고, 온화한 목소리.

그 자리에 있던 모두가 돌아서서, 얼굴을 마주했고.

"뭐——?" "미, 미레이유……?" "어째서……."

경악했습니다.

놀랐을 테지요. 거기에는 지금, 동료들을 습격하고 다니는 미레이유 씨의 모습이 있었으니까요.

동시에 공포를 느꼈을 테지요.

온화하게 미소를 지으면서도, 천천히 접근해 오는 그녀의 손에는 둔기가 들려 있었으니까요.

그것은 이 자리에서 제가 즉석으로 준비한 무기.

뒷골목을 들여다본 직후, 지금과 같은 소름 끼치게 무서운 미소를 지으면서, 미레이유 씨는 저에게 명령했던 것입니다.

『일레이나 씨, 저 사람들을 일망타진할 수 있는 무기, 내놔.』

손을 내밀면서 말하는 그녀.

『그게…….』

갑작스러운 요청에 저는 당연하게도 난색을 표했습니다.

『지금 당장 무기를 준비하는 건, 좀.』

『그렇구나.』

『네.』

이해해주신 걸까요?

고개를 끄덕인 그녀는 이어서 말했습니다.

『무기, 내놔.』

『어라? 방금 거절했는데요?』

『내놔.』

『아니, 그러니까 지금 당장은 준비가 안 되어 있는데요――.』

『어서.』

『제 말 듣고 있습니까?』

『서둘러.』

『취했을 때보다 더 억지스럽네요…….』

분노가 정점에 달한 그녀는 이제 다른 사람의 말 같은 건 일절 받아들이지 않는 맹수로 변해 있었습니다.

무기를 만들지 않아도 제가 잡아드릴 수 있습니다만── 자신이 직접 결착을 내고 싶은 것일 테지요.

어쩔 수 없군요. 저는 마법으로 간단히 그 자리에 있던 막대기와 끈과 돌 등, 온갖 물건을 연결해 하나의 둔기를 만들어드렸습니다.

『고마워.』

그리고 걸음을 내디디는 그녀.

향해 가는 곳에는 자신을 기만하고 쫓아낸 자들이 모여 있습니다.

"나쁜 짓을 한 사람은 혼쭐이 나야지──!"

그리고 그녀는 그 자리에서 만들어진 무기를 휘둘렀습니다.

사람이 안에 숨기고 있는 것은 좀처럼 알기 어려운 법입니다.

마음은 안쪽에 감춰져 있는 동안은 존재하지 않는 것이나 마찬가지이며, 말과 행동으로 옮겨야 하나의 현실이 됩니다.

"잠, 기다──."

국장님이 허둥대는 와중에.

아주 조금 솔직해진 미레이유 씨는, 이렇게 하나, 큰 일을 해냈던 것입니다.

○

조직 전체가 얽힌 부정.

신임 국장이 취임한 지 불과 한 달 만에 판명된 악행들로 연애 관리국이라는 기묘한 이름을 가진 조직의 신용은 실추되었습니다.

뇌물 수수를 저지른 자들은 일제히 조직에서 배제되었고, 연애 관리국의 업무도 일시 정지. 조직의 본연의 자세에 관해 국내에서 논의가 있었고, 타인을 서로 맺어줄 뿐인 조직이 힘을 지나치게 갖고 있던 것을 재점검하는 쪽으로 방향을 전환하게 되었습니다.

즉, 미레이유 씨가 휘두른 일격이 나라를 크게 뒤흔들었던 것입니다.

"그것참……."

사건이 밝혀지고서 며칠이 흐른 지금, 그녀는 제 앞에서 미묘한 얼굴을 하고 있었습니다.

뇌물 수수를 저지른 관리국 직원들에 의해 누명을 쓴 것이라는 사실도 또한 밝혀졌고, 그녀의 해고는 철회. 연애 관리국으로 복직하는 것이 확정되었습니다.

그래서 축하하는 자리를 가지며 저희는 다시 얼굴을 마주했습니다만. 그녀는 기쁜 것인지 곤란한 것인지 알 수 없는 애매한 표정을 짓고 있었습니다.

"하고 싶은 걸 하긴 했는데, 앞으로 어떻게 해야 할지……."

전술했던 대로 지금 조직은 기능하고 있지 않았고, 해고가 철회되었다고 해도 딱히 할 수 있는 일도 없는 것입니다.

바꿔 말하자면 나라를 뒤흔든 장본인임에도 본인의 환경만은 딱히 아무것도 달라지지 않은 상황.

"일단 화려한 재킷을 벗는 건 어떤가요?"

연애 관리국이 움직이지 않는 이상, 길에서 화려한 무늬의 재킷을 걸치고 있는 것도 그녀뿐. 괜히 사람들 눈에 띄게 입고 있을 의미도 없을 겁니다. 냉정하게 지적하는 제게 그녀는 자신의 어깨를 만지면서.

"오랫동안 관리국의 재킷을 걸치고 생활해서 이게 없으면 불안해. 한 번은 벗어봤지만, 그래도 위화감이 들어서 원래대로 돌아왔지."

"그렇습니까."

"현실이란, 갑자기 바뀌어도 당혹스러운 일이 더 많다고."

"…………."

갑자기 내던져진 상황에 어찌할 바를 모르겠다, 라는 말이라도 하고 싶은가 봅니다.

"한가하면 연애라도 해보는 게 어떠신가요?"

"상대해줄래?"

"그건 좀."

저는 여행자인지라.

"연애 관리국이 멈춰 있는 이상은 연애도 힘들어. 상대를 찾아주질 않는걸."

"스스로 찾으러 가면 되지 않습니까."

"그건 좀."

"그리고 상대를 발견하면, 이번에는 스스로 애정을 전하는 겁니다."

"그것도 좀."

제가 늘어놓은 제안을 모조리 흘려넘기면서 그녀는 미간을 찌푸렸습니다.

"……성격과 연애 쪽도, 갑자기 현실이 바뀌어도 당혹스러운 일이 더 많다고. 일레이나 씨."

한 번은 본심을 드러내고, 국장 일행의 부정을 폭로한 그녀였는데 말이지요.

결국엔 지금까지처럼 수동적으로 있는 편이 마음 편하다고 느끼는 걸까요?

"지난번엔 스스로 나서서 이것저것 했지만, 계속하는 건 어려워."

"먼저 행동에 나서는 건 힘든가요?"

"힘들다고 할까…… 경험이 없으니까, 용기가 좀 필요할, 지도."

우물거리며 이야기하는 미레이유 씨.

"흐음……."

경험이 없다라.

"스스로 상대에게 '사랑해'라고 전해본 적이 없다는 말인가요?"

"그런 거지."

"프러포즈 경험도?"

"있을 리가 없잖아!"

그래서 달라지는 건 어렵단 말이야!

그녀는 탄식하듯 제 앞에서 말했습니다.

"그렇습니까."

저는 그저 쓴웃음을 지을 뿐이었습니다.

머릿속에서 되살아난 것은, 이 나라에 왔던 그날 중에 일어난 일.

"우웨에에에에에엑……. 기분 나빠……."

"괜찮습니까?"

과음한 그녀가 토해버린 후의 일이었습니다.

토한 것도 입 주변도 깨끗하게 해드린 다음에, 저는 그녀의 어깨를 빌려 집까지 데려다드렸습니다.

아무리 그래도 만취한 여성을 길에 버려둘 수는 없으니까요.

잠들어 버리지 않도록 몇 번이고 말을 걸면서, 집까지 가는 길을 중간중간 물으면서, 밤의 길을 걸었습니다.

다행히도 그녀의 집은 그리 멀지 않았고, 술집에서 도보로 10분 정도.

별다른 문제 없이 집 열쇠를 열고, 침대까지 데려갈 수 있었습니다.

"……우으으, 머리 아파."

"오늘은 푹 쉬세요."

드러누운 그녀에게 저는 무난한 말로 대꾸했습니다.

"…………."

그런 제 얼굴을 그녀는 빤히 바라보았습니다.

"데려다줘서 고마워, 일레이나 씨……."

당장에라도 잠들 것 같은 말투.

"천만에요."

그리 답하면서, 저는 "내일도 동료에게 보복할 마음이 남아 있

©Azure

다면, 하죠. 제가 도와드릴게요"라고 가볍게 말했습니다.

어차피 기억하지 못할 거라고 생각했던 것입니다.

"실수하는 모습까지 보였는데 도와주는 거야? 일레이나 씨, 진짜 좋은 사람이구나."

"그렇고말고요."

"좋다……."

"…………."

"혹시 정말로 운명의 사람인 걸까……."

아니라고 생각합니다만…….

어이없어하며 쓴웃음 짓는 저.

"……에잇."

반면 그녀는 침대 위에서 손을 뻗어 제 왼손을 잡았습니다.

그것은 참으로 갑작스러웠고, 의미도 알 수 없어 저는 그저 "뭔가요?" 하고 고개를 갸웃거릴 뿐.

그리고 잠시 제 눈동자를 바라본 후, 그녀는 제 왼손을, 그대로 자신의 입술로 가져갔습니다.

간질간질한 감촉이 왼손 약지에 전해졌습니다.

"에헤헤헤. 이거, 무슨 의미인지 알아?"

그리 말씀하신들.

모릅니다. 감촉으로 보아 입맞춤을 한 것 같습니다만――.

"무슨 의미인가요?"

그래서 저는 바로 물어보았습니다.

그러나 그날 답이 돌아오는 일은 없었습니다.

"에헤헤헤, 비밀!"
내일 기억하고 있으면 가르쳐줄게.
침대 위의 그녀는, 그렇게 말하면서, 잠들어버렸으니까요.

갑자기 현실이 바뀌어도 당혹스러운 일이 더 많다느니 하는 말씀을 하셨습니다만.
변하고 말고 할 것도 없습니다.
그녀의 현실은, 이미 변한 후니까요.
"뭐, 어떻게든 되지 않을까요?"
그래서 그야말로 적당적당하게 저는 그녀에게 말했습니다.
"그게 뭐야! 전 운명의 상대인데 무책임해!"
뺨을 뾰로통하게 부풀리는 미레이유 씨.
"한 번은 운명으로 맺어진 사이니까, 뭔가 조언 좀 해줘."
저는 어깨를 으쓱였습니다.
조언 말인가요.
"그럼 일단 술이라도 마시는 게 어떤가요?"
"그건 이제 됐어."

○

얼마 후 저는 나라를 떠나게 되었습니다.
연애 관리국이 정지되어준 덕분에 출입국을 위한 수속이 간소화되었고, 해제 신청이 없어도 단독으로 나라에서 나갈 수 있게 되었습니다.

"다음에 일레이나 씨가 왔을 때는 조금 더 제대로 된 나라가 되어 있을 거야."

문 앞.

나라의 영토 저쪽 편으로 나가는 제게, 그녀는 멈춰선 채 웃어 보였습니다.

거짓 운명으로 맺어진 저희의 관계도 여기까지.

"조금 더 제대로 된 나라가 되어 있는, 건가요."

얄궂게도 연애 관리국은 이 나라에 있어 큰 특징 중 하나이자, 정상적이지 않은 부분이었습니다만.

"그건 앞으로는 평범한 나라가 되겠다, 라는 말인가요?"

"……그럴 수도 있고, 그렇지 않을 수도 있지."

"어느 쪽인가요."

"궁금하면 꼭 다시 와줘."

제 눈으로 직접 확인하라는 뜻인가요?

"그럼, 그때는 당신의 새로운 연인을 소개해주세요."

"……그럴 수도 있고, 그렇지 않을 수도 있지."

"기대할게요."

손을 내미는 저.

작별의 신호입니다.

"……뭐, 노력해볼게."

그녀도 역시 고개를 끄덕이면서 손을 내밀어주었습니다.

그리고 저희는 손과 손을 맞잡고 시선을 맞추었습니다.

"그럼, 건강히 지내세요. 미레이유 씨."

"응. 일레이나 씨도."

저와 그녀.

아마도 이 나라에서 가장 평온한 작별이 거기에 있었습니다.

후기

이번엔 페이지 수가 적은 편이라 갑작스럽게 각화 코멘트를 시작하기로 하겠습니다! 예에 따라 스포일러도 포함한 내용이니, 아직 본편을 읽지 않은 분은 다시 돌아가 주시길 바랍니다!

●제1장『가짜 재의 마녀』

의도적으로 일레이나 씨 흉내를 내는 캐릭터라는 아이디어는 예전부터 갖고 있었습니다만, 좀처럼 본편에 등장시킬 기회가 없었고, 깨닫고 보니 21권이 되어버렸습니다. 일레이누 씨라는 말의 어감이 마음에 듭니다.

●제2장『소년의 꿈』

누나와 함께 활약하는 꿈을 가지고 노력하는 소년의 이야기였습니다. 이 이야기에 관해서는 자세히 언급하지 않는 편이 좋을 것 같으니 이 이상은 딱히 쓰지 않겠습니다.

●제3장『착한 아이』

왠지『마녀의 여행』에서는 이러한 꿈과 희망 넘치는 서브 타이틀일수록 어두운 이야기가 되는 경향이. 이상하네…….

●제4장『사막의 보물』

원래는 21권 최종장으로 예정되어 있던 느낌의 이야기입니다. 생각 이상으로 길어지고 말았습니다. 『마녀의 여행』이라는 시리즈도 오래 써왔습니다만, 사막은 마법 시스템(녹색이 적으면 마력이 고갈된다)의 설정상 일레이나 씨가 방문하기 어렵고, 그리고 남자가 제대로 활약하는 이야기라는 것도 또한 그 수가 적어서, 여러 의미에서 『마녀의 여행』 내에서는 보기 드문 전개의 이야기이지 않았나 싶습니다.

●제5장 『강철의 숲』

자신이 주장하는 정의를 널리 알리고 싶은 것인지, 그저 소란을 피우고 싶은 것인지, 요즘은 이 둘이 뒤섞인 듯한 사건이 많은 것 같습니다.

●제6장 『숲속 오솔길의 주의 사항』

머리 좋은 어른은 계약서에 중요한 내용을 전부 슬쩍 집어넣고, 반면 유저 대부분은 그런 길기만 한 건 읽지 않는 법입니다…….

그리고 머리 좋은 어른은 그것을 알고 있기에 알아차리지 못하는 사이에 몰래 나쁜 조건을 숨겨놓습니다……. 뭐, 이번 이야기는 그런 이야기가 아니지만 말이죠!

●제7장 『운명의 사람』

편리한 시스템도 이용하는 사람에 따라 어떤 불편한 사양으로 모습을 바꿀 수 있다는 느낌의 이야기였습니다.

화제를 바꿔서 개인적인 이야기가 되겠습니다만, 이사하면서 제가 사는 지역도 바뀌었고, 제모 때문에 다니는 클리닉도 다른 곳으로 바꾸었습니다.

제모라고 하면 이전 권인가 어딘가에서 이야기한 적이 있었죠……. 저의 수염 제모가 죽을 만큼 아팠던 이야기를! 얼굴을 고무줄로 찰싹찰싹 당하는 것 같은 지옥 같은 고통이 끝없이 이어졌던 추억은 여전히 뇌리에 선명하게 새겨져 있었던지라, "흠, 어차피 새 클리닉도 아픈 거 하겠지? 나 다 알거든" 하고 현실에 완전히 싫증이 난 나는 마치 새로운 주인님에게 제법 새침한 태도를 보이는 이세계에 있을 법한 노예 소녀 같은 태도로 클리닉의 문을 열었다.

그리고 놀랐다.

"자, 시라이시 님. 그럼 지금부터 시술을 시작하겠습니다."

아프지, 않아——.

새 클리닉은 확실히 최신 기기를 이용하고 있었고, "새 기기라서 아프지 않아요" 같은 말을 지껄이면서 고무줄 같은 아픔을 평범하게 주었던 이전 클리닉과 달리, 통증이 거의 없었던 것이다.

거짓말이지? 어째서? 평범하게 아픈 거 아니었어? 분명 뒤가 있을 게 틀림없어……!

당혹스러워하며 시술을 받는 나의 모습은 그야말로 "주인님은 아픈 걸 하는 거 아니었어?!"라며 놀라고, 순식간에 수줍어지는 지나치게 쉬운 노예 소녀의 그것이었다.

“나, 나한테 대체 뭘 한 거야?!” 하고 놀라는 나.

“흐응, 평범하게 시술을 했을 뿐인데?”라는 클리닉의 누님이 의기양양한 얼굴을 했는지 어떤지는 제쳐두고, 시술은 평범하게 끝났다. 나는 그곳에 다니기로 했다.

아무튼 환경이 달라지면 여러 가지로 상식도 달라지는 법이로군요. 계속 변해가는 세상이기에, 계속 쓸 것도 아직 많이 있는 것이겠지요. 이러저러하여 깨닫고 보니 『마녀의 여행』도 21권이라는 커다란 무대까지 오게 되었습니다. 드라마 CD도 제7탄! 온갖 이야기를 써온 것 같습니다만, 그러나 아직 더 쓰고 싶다는 갈증이 여전히 꿈틀대는 것 같은 기분도 듭니다.

앞으로도 일레이나 씨의 여행은 계속되오니, 변함없이 응원해주신다면 기쁠 겁니다.

시라이시 죠우기였습니다!

다음 권에서 다시 만날 수 있기를 바라며, 후기를 마무리하겠습니다.

그럼 이만!

[마녀의 여행 21]

2025년 11월 15일 1판 1쇄 발행

저 자 시라이시 죠우기
일 러 스 트 아즈루
옮 긴 이 이신
발 행 인 유재옥
담 당 편 집 정영길

이 사 조병권
편 집 팀 정영길 조찬희 박치우 이소의 정지원 최유정 김혜주
디자인랩팀 김보라 전세연
디지털사업팀 김지연 윤희진 장혜원
라이츠사업팀 김정미 이지현 유아현
영업마케팅팀 최원석 윤아림
물 류 팀 백철기
경영지원팀 최정연
인쇄제작처 ㈜코리아피엔피
발 행 처 ㈜소미미디어
등 록 제2015-000008호
주 소 서울시 마포구 토정로222, 502호 (신수동, 한국출판콘텐츠센터)
판매 및 마케팅 (070) 8822-2301

ISBN 979-11-384-4183-4
ISBN 979-11-5710-752-0 (세트)